小説 新聞社合併

―うごめく〝だら幹〟たちの素顔―

大塚 將司
Otsuka Shoji

展望社

小説・新聞社合併

◉目次

第一章　大新聞を牛耳る〝懲りない面々〟

――巨大新聞社の呆れた幹部たち

〝新聞を読まない〟大新聞社社長の優雅な日々……10
社長車で演歌を唸る奇怪な光景……18
最大手の大都はデジタル版発刊で、部数トップから転落の危機……26
〝ゲシュタポ〟重用で、不満分子に目を光らせる……31
唯一の取り柄は〝俗物〟、〝女を誑《たら》し込む術〟……36
アナクロニズムの新聞社は社長になればやりたい放題……45
うるさい株主には札びらを切れ……59

第二章　ジャーナリズムは〝張り子の虎〟
——守るは我らの秘密の共同体

経済報道重視、収益至上主義が裏目に出た……60
〝取材メモねつ造事件〟が致命傷に……68
ネット新聞発刊が首を絞める……76
トップ選定のキーワードは〝三つのN〟と〝二つのS〟……84
「記者クラブの〝ごみ箱漁り〟は過去の話です」……92
〝優秀な記者〟はいらない！　〝本音トーク〟絶好調……99

第三章　大新聞の首魁は〝女誑《たら》し〟

――夜ごと繰り広げられる放蕩の日々

恐妻家の不倫は用意周到!?……108
〝魚転がし事件〟で不倫を暴く怪文書乱舞……116
展覧会招致はブランド品、精力剤買い漁りが目的……124
社長の愛人はドンペリ飲み放題……131
バイアグラか男宝《ナンパオ》を飲みなさい！……140

第四章　大新聞トップの共通点は〝小心、細心〟
――胡麻すり、泣きつき、もみ消しに奔走する日々

恐妻家は細心の注意を払う？……152
大新聞社長は30年も奥さんと別居中……160
〝ジャーナリズム〟という印籠《いんろう》はフルに活用……168
大新聞社長はペントハウスで愛人を待つ……175
正社員にしてくれないなら結婚して！……185
〝愛人〟記者は夜と朝はどこにいるかわからない……194
大新聞社長は一人の女じゃ満足できない……202

第五章　大虚報でも〝キャリア組〟

――仕事が出来ない奴ほど出世する新聞業界

〝引きこもり社長〟は〝別居不倫〟をあきらめ、荷物を運び込む愛人のお手伝い……212
デリバティブで失敗した子会社の大損は平気で隠ぺい……219
大新聞社長は自治体からも便宜供与でウハウハして平気の平左……227
大新聞編集局長は〝不倫〟大騒動の末、離婚して再婚していた！……232
大新聞編集局長の元妻、ロンドンで自殺未遂事件……242

大新聞社では不倫トラブルは
旧日本陸軍の〝金鵄《きんし》勲章〟になる！……249
大新聞編集局長は
不倫相手の自殺事件がキャリアパスに……256
「大虚報、大いに結構」、
それが大新聞の常識、被害企業は泣き寝入り……265
ノーマークの国民新聞の出方が気がかり？……273
ジャーナリストは〝天然記念物〟的存在？……279
新聞業界〝ドン〟の逆襲には
戦々恐々の〝脛傷者〟たち……284

第一章　大新聞を牛耳る〝懲りない面々〟

――巨大新聞社の呆れた幹部たち

〝新聞を読まない〟大新聞社社長の優雅な日々

大都新聞社役員室は「大都タワービル」二四階フロア、最上階の貴賓室の一階下である。社長室は皇居を見下ろす角部屋で、部屋に入ると、左右に空が広がる。まばゆい青空の時もあれば、白い濃霧のような曇天の時もある。雨の日は窓ガラスを打ち付ける雨水がすだれのように流れる。冬の日は遠く奥多摩の山並み、富士山を望める。

社長の松野弥介が出勤したのは午前十時少し前。新聞社は普通の会社より動き出すのが遅い。午後の朝刊の仕事をベースに動いているためで、経理や総務などの管理部門の出勤時間は午前九時半、役員は午前十時までの間に五月雨《さみだれ》的に出勤する。

部屋の右手の窓際に打ち合わせ用のラウンドテーブル、左手の窓際に応接セットが置かれている。その間、左右に窓の広がった部屋の角を背にして社長用デスクがある。ラウンドテーブルには朝刊各紙が並べて置かれている。いつでも、手に取りやすいように、という心配りだ。しかし、松野は一瞥《いちべつ》すら与えず、自席に着いた。昔から新聞をほとんど読まないのである。

編集局長時代に面白いエピソードがある。ある日、松野が午前十時前に出勤し、夕刊当番の編集局次長を呼びつけた。

「おい、昨日の日亜新聞朝刊に載っていたらしいが、○○社と××社の提携、なぜうちは記事にしない？　今日の夕刊で載せなさい。昨日の宴席で恥をかいたぞ」

「え、その話、うちは四日前の朝刊で載せていますよ」

「どこに載っていた？」

当番次長は局長室の隅にある一週間分の新聞の綴りを持ってきて、開いて見せた。記事は一面ではなかったが、経済面のトップに載っていた。

「こんな大事なニュースは一面に出稿しなきゃだめだぞ。俺だって、毎日毎日、記事の扱いまで事前にチェックしていたら、体が幾つあっても足りない」

ことほど左様に、松野は自社の新聞すらろくに読まない。日亜新聞や国民新聞など読むはずもない。松野は読むより、聞く、そして、聞くより歌う、日々を送っている。余談だが、その人柄を彷彿とさせる、笑うに笑えぬ逸話がある。若い記者時代に取材相手との会話に夢中になり、予定の原稿を出稿し忘れ、紙面に穴をあけそうになったという。

松野が自席に着くと、秘書部長の杉本基弘がお茶を乗せた女性秘書を伴い入ってきた。その日の予定を確認するためだった。午前中は広告関係の来客が二件、昼はある企業の周年記念パーティーに顔を出し、午後は販売関係の来客がやはり二件あった。

経済部出身の松野には、大企業の社長交代パーティーや周年記念パーティーの招待状がひっきりなしに届く。業界トップの新聞社長ともなると、政治家のパーティーや朝食会への招待状もくる。政界とのパイプも広げるという名目で、よほど外せない会議や接待でもない限り、小まめに出席した。松野自身の社交的な性格のなせるわざでもあるが、社内で〝バンケット社長〟などと陰口をたたかれていた。

夜のパーティーは、接待の宴席の始まる前に顔だけ出し、滞在時間が三十分足らずのこともあった。しかし、昼の時は、会場に一時間くらいは滞在し、和洋中華のバンケット料理をチャンポンにつまみ、昼食代わりにするのが常だった。

その日も、松野は周年記念パーティーでバンケット料理をたらふく食べ、本社に戻るとすぐに販売関係の来客二件をこなした。来客はいずれも表敬訪問で、一人三十分程度で、午後三時前には二人目の来客が帰った。その後は、部屋に一人でこもり、誰も入れなかった。

杉本にはよほど緊急の案件でもない限り、取り次がないように指示していた。「書類が溜まっているし、少し一人で考えたいことがある」というのが理由だった。

しかし、松野は読むより、聞く、そして、聞くより歌う、男である。書類を読み始めても、五分ともたない。一人になって考えると言っても、演歌でも聴きながらでないと持続しない。この日も常備しているCDプレーヤーを動かし、イヤホンで最近はやりの演歌を聞いている時間の方が長かった。

二月も末になると、日が長くなり、日没は午後五時半頃だった。窓の外には黒いシルエットの富士山と茜色の空があった。ビルの下を見下ろせば、街灯が灯り、道路を行き交う車のヘッドライトとテールランプが流れていた。演歌に聞き入っている松野にも、そうした暮れなずむ眺望が目に入るはずである。それは間違いないが、脳裏に像を結ばない。

トントン——。

社長室で演歌を聞く時、さすがの松野も片耳だけのイヤホンで聞き、部屋の外に演歌の歌声が漏れるようなことはしなかった。ノックの音に気付き、松野はCDプレーヤーを止め、イヤホンを外した。そして、腕時計をみた。午後五時二十分過ぎだった。

「はい。入っていいよ」

松野が返事をすると、上背が一《メートル》八〇《センチ》ほどある杉本が入ってきた。杉本は痩せ型で、吊りバンドがトレードマークだが、初春ということもあり、濃紺の背広の上着を着ていた。

「そろそろ、お出かけのお時間です」

「ふむ。でも、まだ二十分くらいはあるだろう」

「そうですが、明日の予定の確認もありますので……」

「明日は七時半から朝食会があったな」

「ええ、自由党の石山久雄幹事長の朝食会です。今晩は自宅に帰らず、リバーサイドホテル宿泊でいいですね」

松野の自宅は相模湾に面した逗子市の海岸沿いにあり、朝の通勤は東京駅まで横須賀線のグリーン車で、東京駅から社用車で本社に来ることになっている。しかし、朝食会などがある時や、千葉や埼玉方面でゴルフの接待がある時は自宅に帰らず、ホテルに泊まった。

「ふむ。それでいい」

「かしこまりました。予約しましたので、いつもの部屋にチェックインしてください。それはそれでいいのですが、今晩はどうされますか」

「言っていなかったか?」

「ええ、聞いておりません」

「プライベートで午後六時半から友人と飲むことになっている。午後六時前に出て、ホテルにチェックインしてから出かける。社用車はホテル玄関で戻す」

「明日の朝はどうしましょうか」

どちらかと言えば悪人面の杉本は意味ありげに含み笑いを浮かべた。

「そうだな。午前七時にホテル正面に回してくれ」

「それでは午後五時四十分に正面玄関脇の車寄せで待たせるようにしておきます」

杉本は一礼して部屋を出た。松野はやおら携帯電話の電源を入れた。開けっ広げな性格の松野はクラブやバーのホステスでも誰彼構わず、携帯番号を教える。相手によっては日中でも平気で携帯に電話してくるのがいる。それは困るので、午前十時から午後五時までの間は電源を切っていた。留守番電話を確認すると、二件あったが、バーのママとホステスからだった。九九％が「店に来てね」という吹き込みで、用件は聞かずにわかる。それでも、松野は冒頭だけ聞いて「案の定」と思い、二件とも消去した。

「よし。今日は予定通りだな。午後六時半に行けばいいな」

松野はそうつぶやくと、再び、携帯の画面と向き合い、メールを打ち始めた。

七十歳くらいの年齢になると、パソコンでインターネットはやっても、携帯メールは使わない。松野も携帯は通話だけで、メールは使わないと吹聴し、杉本はもちろん、側近の連中にも公言、彼らのいる所ではメールを使っているところは見せないようにしていた。松野がメールを使っていると知る者は皆無に近かった。

しかし、実際は特定の相手とだけメールをやり取りしているのだ。若者並みの手際の良さで、メールを打ち、送信すると、松野は立ち上がり、ドアの脇にあるクローゼットに向かった。濃紺のコートを取り出し、部屋の中で羽織った。そして、ブルガリのビジネスバッグを取った。部屋を出ると、秘書室の前で気取った声で杉本に声を掛けた。

「出かけるよ。携帯はオンにしておくから、緊急の用件があったら、頼むぞ」

杉本も部屋を出て、女性秘書とともに、エレベーターのところまでついてきた。

「今日は、古い友人だから、二次会にも行くかもな」

松野はマイクを持つ手ぶりをして笑った。

「かしこまりました。大いに楽しんでください」

杉本がまた意味ありげな含み笑いして目礼すると、エレベーターのドアが開いた。

社長車で演歌を唸る奇怪な光景

大都本社の駐車場は地下二―四階フロアにある。地下二階に配車を管理する車両部や運転手の控室、乗降口があった。しかし、一階正面玄関が開いている午前九時から午後八時までは、１階の表玄関に車を回すのが常だった。松野はエレベーターを降り、足早に正面玄関に向かった。そして、社長車に乗り込んだ。

「今日は、どちらでしょうか」

運転手はハイヤー会社から派遣された二人が交代で務めているが、社長就任後、一回も変わっておらず、二人とも顔なじみだった。

「リバーサイドホテルまででいい。明日は午前七時に迎えを頼む」

「それは聞いています。今日はどうされますか？」

運転手は車を出さずに松野に尋ねた。それだけで通じるのである。

「所要時間は十五分くらいだな。いつもの三曲にするよ」

運転手は助手席に置いてあるカラオケのプレーヤーを操作して、車を発車させた。走り出すと、佳山明生の「氷雨」の伴奏が流れ出した。後部座席の松野は身繕いを正し、抑え気味に歌うが、張りのあるバリトンが狭い車内に響く。三番まで歌うと、しばらく間があって、渥美二郎の「釜山港へ帰れ」が始まる。

最後が大月みやこの「女の港」だ。「釜山港へ帰れ」は「氷雨」と同じ歌い方だが、「女の港」は女性歌手の演歌だけにより情感を込め小節をきかせる。それが松野の流儀だった。三曲とも、一九八〇年代前半の演歌のヒット曲である。十八番中の十八番だった。

歌い終わると、運転手は必ず、こう言って感心してみせる。

「プロ並みですよ。何度聞いても聞き惚れますね。CDを発売されたらどうです?」

社長車はトヨタのセンチュリーである。車内は広いとはいえ、運転手を聞き手に松野がうっとりした表情で演歌を唸る光景は奇怪である。

その光景を目にするのは、バックミラーに映る松野をちらっと見る運転手だけだ。信号待ちで、並列した車から目にすることはあるだろうが、車の外には歌声は聞こえない。

「えらく誇張した表情で運転手に話しかけているおっさんがいる」「一人でうっとりした表情で何か唸っているおっさんがいる」──。訝《いぶか》しく思ってもその程度であろう。

松野が三曲目の大月みやこの「女の港」を唸り終わると、社長車は水天宮前の交差点で止まった。ここで、運転手が毎度おなじみの〝お追従〟を言ったのだ。

「そうだろ。もう三十年近く歌いこんでいるからな」

これもいつものことだが、松野は満足そうに答えるのだった。

そんな滑稽なやり取りが終わると、ころ合いを見計らったように右折信号が青になった。

右折して二〇〇メートルほど走ると、リバーサイドホテルである。

社用車がホテルの正面玄関の車寄せに着けると、ドアボーイが後部座席のドアを開けた。

「じゃあ、明日は午前七時な。頼むぞ」

「かしこまりました」

ドアボーイが車を降りた松野を正面玄関の回転扉に誘導、ロビーに入ると、フロアボーイがフロントに案内した。

定宿だけに、ドアボーイもフロアボーイもフロントマンもみな顔見知りだ。フロントの手前で、手を上げると、フロントマンがキーボックスからキーを用意して待っている。

「いつものお部屋です」

キーを受け取った松野は軽く会釈して、そのまま、エレベーターホールに向かった。

部屋は二一階のスイートルームで、北東の角部屋だ。ルームナンバーは二一〇七号である。

ホテルの繁閑で別のスイートルームになることもありうるが、これまでは二一〇七号以外の部屋になったことはない。リバーサイドと法人契約を結んでいるからだ。

部屋に入ったのは午後六時十分過ぎ。松野はコートを脱ぎ、クローゼットに掛けた。そして、デスクにビジネスバッグを置くと、電話を取った。

「大都の松野だがね、午後九時半くらいによく冷えたシャンパンと生ハムのオードブル、それとサンドイッチを届けてくれ」

「銘柄？　よくわからんから、最高級のやつを頼む。多分、九時半には部屋に戻るが、戻ったら電話するから、すぐに届けられるようにしてくれ」

松野は受話器を置くと、背広姿のまま、部屋を出た。向かった先は割烹「美松」だ。ホテルから徒歩五分ほどのところにある。正面玄関を出て、水天宮通りを右に折れ、水天宮の手前の信号を右に入って、二〇〇メートル《メートル》ほどの左手である。

高度成長期まで、日本橋蛎殻町《かきがら》、日本橋浜町を含めた現在の日本橋人形町界隈は数十軒の料亭が軒を連ね、芳《よし》町花街として栄えた。現在、芳町という町名は人形町に吸収され消滅したが、江戸時代初期に元吉原と呼ばれた遊廓があった。幕府がそこにてんでんばらばらにあった遊廓を集め葭原と称したのが由来だ。明暦の大火後に遊廓は現在の吉原に移転、元吉原には歌舞伎小屋が立ち並び、男色を売る陰間茶屋ができた。

そして、時が経つにつれ深川などから芸妓が移り住み、江戸時代末期から明治、大正、昭和にかけて芳町は芸妓の花街として繁栄を極めた。東京大空襲で焼け野原になったが、戦後復興し、新橋、赤坂などとともに、東京の六大花街の一つとして賑わった。しかし、高度経済成長期を過ぎて昭和五十年代に入ると、芳町という町名が消滅したのと軌を一にするように衰退した。

今は数少ない芸妓が細々と花街の伝統を守り伝えているのが実態で、往時の面影はない。人形町通りと甘酒横丁だけは昔の風情を残しているが、東京シティ・エアターミナルに隣接する浜町や蛎殻町はオフィスビルが林立し、ビジネス街に変貌している。そんな変貌した町にひっそりと残っているのが「美松」だ。昭和五十年代までは板場を置き、料亭の体を成していた。しかし、今は昔馴染みの客から要望があれば、座敷を貸す感じで、老夫婦二人だけで切り盛りしている。割烹とは名ばかりで、料理は仕出しだ。

松野の付き合いは昭和四十年代に遡る。当時、経済記者はまず兜町で株式市場と証券業界を担当するのが一般的で、松野も駆け出し時代に二年ほど、兜倶楽部（東京証券取引所の記者クラブ）に在籍した。証券会社の幹部に連れられて上がったのがきっかけだった。

元々「美松」は芳町の三流処《どころ》の料亭だった。だから、証券会社の幹部も若手記者を連れて接待したのだが、芸者を呼ばなければ、手頃な値段で宴会ができた。松野も時々取材相手との宴席に利用するようになり、今も秘密の会合を持つ〝隠れ家〟として使っている。

水天宮通りを右に折れてしばらく歩くと、左手前方に建物が途切れる。そこが「美松」で、道路から五《メー》《トル》ほど奥まったところにある二階建ての木造家屋である。

軒下に玄関灯があり、私道を半分ほど入れば、硝子戸の脇に打ちつけられた、大きな木製の表札が目に入る。そこには割烹「美松」と書かれており、初めて料理屋だとわかる。

「お待ちしていました」

松野が硝子戸を開けると、老女将が出てきた。松野は沓脱ぎ石で靴を脱ぎ、上がり框《がまち》に置かれたスリッパに履き替えた。

「まだ、来ていないね」

「ええ来ていません」

部屋は二階に三室、一階に二室しかなく、元々〝待合〟のような風情があった。今は仕出し料理なので、割烹というより文字通り〝待合〟なのだ。しかし、〝待合〟という言葉はもはや死語に近く、割烹と称している。この日、女将が案内したのは一階奥の一室で、部屋は十畳間、右側に床の間があった。その前に置かれた長方形の卓袱台《ちゃぶだい》には箸とグラスが並べられ、その前後に二つずつ座椅子が置かれていた。

「どちら側に座られます？」

「いつも通り俺が床の間を背にするか。奴より、俺の方が先輩だからな」

「お茶をお持ちしましょう」

老女将が部屋を出ると、松野は腕時計をみた。

「まだ六時半前か」

しばらくすると、お茶を持った老女将が戻ってきた。

「料理の方は午後七時半過ぎからお出しすればよろしいんですね」

「ふむ。奴と二人だけで話があってな。それが済む頃に残りの二人が来る手はずだ」

「よかったわ。まだ仕出し料理が届いていないんですよ。お酒の方はどうされます？」

「しばらくはお茶でいい。始める時は呼ぶよ」

「もう、仕出し料理も届くでしょうから、そしたら、付き出しくらいはお出ししますか」

「……そうしてもらうかな。ところで、話は違うが、『美松』は今でも芸者を呼べるのか」

「呼べますよ。昔は揚げていたんですからね」

「そうか。頼むかもしれん」

「今日じゃないんですよね」

「もちろんさ」

この時、玄関の硝子戸が開く音が響いた。

「お見えになったようです」

老女将が出迎えたのは日亜新聞社社長の村尾倫郎、松野が「奴」と呼んでいた男である。

最大手の大都はデジタル版発刊で、部数トップから転落の危機

今年六月で松野は社長に昇格して六年だが、村尾はまだ三年で、社長として後輩である。しかも、村尾は昭和二十一年（一九四六年）生まれで、昭和十六年生まれの松野の五歳年下である。会社は違うが、入社年次も昭和四十五年で、松野より六年後輩だ。

しかし、社長に昇格したいきさつは少し似ている。不祥事が発覚、本命の社長候補が飛んで、候補としてすら名前の挙がっていなかった村尾が選ばれた。社内外があっと驚く人事で、当時話題になった。松野の場合は、当初本命視されていたのが、外されそうになったところで、〝魚転がし事件〟が発覚、元の鞘におさまった。村尾と違うと言えば違うが、不祥事の発覚で、社長ポストが転がり込んできた点は同じなのだ。

それだけではない。村尾の社長昇格に松野も少なからず絡んでいた。不祥事で引責辞任した日亜前社長（現特別顧問）の富島鉄哉は昭和十六年生まれ、昭和三十九年入社で、松

野と同い年同期入社だった。しかも、経済部記者時代に三年間同じ記者クラブに所属していたこともあって、親しくしていた。引責辞任に追い込まれそうになった時、富島は松野に後継者選びで相談したのだ。

現役時代の村尾は、中レベル以下の評価で、持ち前の胡麻すりを武器に何とか中央に残ったが、その時々の人事の都合で、政治部と経済部を行ったり来たりしていた。経済部の時に、松野と接点があってもおかしくなかったが、経済部で一つの記者クラブに一年以上在籍したことはなく、松野との接点はなかった。

しかし、松野と村尾には社長昇格の経緯以外にも似たところがあった。卒業大学は京都の名門私大法学部で同じだった。出身地は松野が和歌山県、村尾が兵庫県と違いはあるものの、実家は山間部の村落にあり、父親が片や村長、片や村会議員で、地元の名士だった。

松野は村尾の社長就任を喜び、赤坂の高級料亭で就任祝いの席を設けた。タイプは違うが、記者としてはもちろん、経営者としての能力も水準以下なこともあり、以来、二人は意気投合、月に一回のペースで酒を酌み交わし情報交換するようになった。最初の二回は一流ホテルのレストランで会食したが、猜疑心の強い村尾が大手二社のトップが頻繁に会っているという噂が出るのはよくない、と言い出した。開けっ広げな松野もまずいと思ったのか、二年半ほど前から、開店休業に近い「美松」で〝密会〟を始めた。

二人はすぐに、別々に研究していたネット新聞を共同開発しようと意気投合、一年半前の十月に「ネット版大都新聞」と「日亜ネット新聞」の発刊に踏み切った。しかし、それが誤算だった。紙媒体から電子媒体へのシフトが加速、松野の大都新聞が部数トップの座を滑り落ちかねない状況になってしまった。

大都は日本を代表するクオリティペーパーと自称する最大手新聞社である。その社長が松野のような男と知ったら、読者は眼が点になってしまうだろうが、それが日本のジャーナリズムの現実なのだ。

前身の「東都新聞」は明治五年（一八七二年）、東京・日本橋で創刊された日本最古の新聞だ。明治半ばに大阪進出、「西都新聞」を発刊し、全国紙の体制を整えた。大正時代に入って「東都」「西都」に分かれていた題字を「大都新聞」に一本化し、昭和初期に「日々新聞」の前身の「毎朝新聞」を抜き、日本最大部数の新聞となった。戦時中は軍部の広報機関のような論調で、国民を戦争に煽りたてた。その路線が部数の拡大に直結、最大手の地位を不動のものにした。

戦後は軍国主義路線への反省から左に急旋回、経営陣に共産党幹部が潜り込み、大労働争議が起きたりした。民主化を急ぐGHQ（連合国軍最高司令官総司令部）も大都の変節を裏で支援し、〝民主日本〟を象徴するような存在となった。しかし、米ソが対峙する東西冷戦時代に突入すると、GHQがレッドパージに動き、大都自体も再び右旋回。対米協調を前面に打ち出す論調に転換し、政権与党の保守勢力をバックに着実に部数を伸ばしていった。

そして、平成三年（一九九一年）のソ連崩壊に象徴される東西冷戦の終焉後は、米国の市場原理主義に同調、日本の米国化を推進する論調を鮮明にさせた。つまるところ、大都は機を見るに敏なだけで、一貫した〝定見〟はなく、鵺《ぬえ》のような存在なのだ。

戦後日本でジャーナリズムをリードしてきたのは基本的に全国に同じ紙面（記事）を提供する全国紙と呼ばれる大手三社である。部数でみると、長年、トップが大都、第二位が国民新聞社、第三位が日亜新聞社という順位が続き、それが大都にクオリティペーパーを標榜するのを許してきた。

十年前までの部数は大都八百万部、国民七百万部、日亜六百万部で、五年くらい前までは、収益力の高かったトップの大都と日亜の両社が新聞業界の〝勝ち組〟と喧伝され、第二位の国民は両社に比べると、一格下にみられていた。

しかし、五、六年前からトップの大都と日亜の部数が落ち始め、一年前に大都が七百五十万部を、日亜も五百五十万部を割り込んだ。両社がその半年前にネット新聞を発刊し、それが紙媒体の部数を食った結果だった。その後も、ネット新聞へのシフトが止まらず、部数減少がさらに拡大するのは必至の状況になった。

そんななか、販売力で断トツの力を持つ第二位の国民は七百万部台を維持するどころか、部数をじりじり増やし始めたのだ。このため、第一位と第二位の交代が秒読みの段階になったのだが、大都の経営陣には危機感が薄かった。

長年、部数トップの座に安住していたこともあるが、それだけではない。大都は時の権力とも常に近い関係を築き、全国各地の一等地に膨大な不動産を保有している。このため、今も、大都の社内では「新聞事業が駄目になっても、不動産事業で十年は食いつなげる」という見方が公然とささやかれている。

それでも、部数トップからの転落は不名誉な事態である。どんなアホな社長でも、何とかしなければ、とは思う。しかし、〝先見性〟とか〝深謀遠慮〟という言葉と全く無縁な松野の頭の構造は極めて単純だ。部数トップの座を守るには、どこかと合併してダントツの部数になれば、第二位の国民新聞のことなど気にすることもなくなるし、社主一族の評価も上がる、と思った。一年ほど前、可愛がっている村尾に合併を持ちかけたのである。

〝ゲシュタポ〟重用で、不満分子に目を光らせる

部屋の格子戸が開いて老女将に案内された村尾が屈むような姿勢で入ってきた。

「よう。村尾君」

身長一六五チ《セン》前後、中肉中背の松野に対し、村尾は身長一七五チ《セン》の長身で、スマートな体型だ。松野が立ち上がって少し見上げるように出迎えた。

「今な、女将にな、ここに芸者を呼べるのか、聞いていたところだ」

「何ですか。それ？」

村尾が松野の前の座椅子に腰を下ろしながら怪訝な顔をした。

「マー（松野）さん、なにか、今度、芸者を揚げて村尾さんとお祝いの会をやりたいらしいですよ。何のお祝いかしりませんけど……」

老女将が笑いながら口を挟み、部屋を出て行った。

「いつもと違う部屋ですね。随分、広いじゃないですか。本当に芸者を揚げるんですか」

月一回の情報交換は二階の六畳間だったのに、この日は一階の十畳間だったからだ。

「今日じゃないよ。合併の目鼻が完全についたら、ということさ。部屋が広いのはあと二人呼んでいるだろ。二階じゃ狭いから、一階にしてもらった。八畳間はないんだ」

「そういうことですか」

「でもな、今日、合意するつもりだから、場合によっては次回に呼ぶことだってあるぞ」

格子戸が開き、老女将が入ってきた。松野のお茶を取り替え、村尾にお茶を出した。

「仕出し料理はあと十分ほどで届きますけど、どうします？」

「……ずっとお茶というのもなんだよな。付き出しと前菜を出してもらって、ビールをも持ってきてもらうか」

「わかりました。届き次第、出しましょうね」

村尾がうなずくのを見た老女将は部屋を出て行った。

「じゃあ、本題だ。来年四月一日対等合併で準備を進めることでいいな」

「準備を進めるのはいいです。でも、最終結論はもう少し待ってもらえませんか」

「なんだよ。それじゃ、話が違うぞ。前回、ここで、次回までに腹を決める、と約束しただろう。だから、これから事務的な詰めをさせる二人を呼んでいるんじゃないか」

「それはそうですけど、先輩のところと違って、うちはそんな簡単じゃないんです」
「社内の掌握術をさんざん伝授したろ。君も『先輩の教えが役に立っています』と言っていたじゃないか。『〝ゲシュタポ〟（ナチス・ドイツの国家秘密警察）を重用して不満分子にも目を光らせるのはうちの方が上』と自慢までしたぞ」
「それはそうです。でも、最後にひっくり返るリスクがうちにはあるんです」

大手三紙のなかで、日亜は大都、国民の二社とは大きな違いがある。

大都、国民の二社は、戦後、単独で大手の地位を確固たるものにしたが、日亜は昭和四十五年(一九七〇年)四月一日に合併して発足した新聞社だ。それが違いであり、村尾が「うちはそんな簡単じゃない」と強調する理由だった。

合併したのは日々新聞社と亜細亜経済新聞社だ。合併で社名を日亜新聞社に変更、発行する新聞も「日々新聞」と「亜細亜経済新聞」を統合、「日亜新聞」を発刊、経済情報を売り物にし、昭和五十年代に急成長した。

「日々新聞」の前身は明治十二年（一八七九年）、大阪で創刊された「大阪毎朝新聞」だ。三年後に東京に進出、「東京毎朝新聞」を発刊した。東阪合わせ最大部数を誇ったが、昭和初期には反軍部の論調が災いし、右翼の襲撃事件などもあり、トップから転落した。戦時中に東西の題字を「日々新聞」に統一、軍国主義路線への転換で、一位の座を死守した。戦後はその反省から左翼路線に左旋回し、リベラル派の牙城といわれた国民新聞と部数を争った。しかし、昭和四十年に「防衛庁公電窃盗スクープ事件」で記者が逮捕され、日々の読者は同じリベラル路線の国民に流れた。

事件前に三百七十万部あった日々の部数は二百七十万部に激減、部数第三位に転落した。ちなみに、国民の部数は事件前の三百五十万部から四百五十万部に急増、日々の読者がそっくりそのまま国民に移動した。事件を機に日々は対米追従路線に論調を転換したが、同じ路線の大都の読者を惹きつけ、部数挽回につなげることはできなかった。国民との差は拡大するばかりだったうえ、広告離れも重なり、赤字転落した。

もう一つの「亜細亜経済新聞」の前身は明治九年（一八七六年）、大阪の財界が創刊した「内外商品時報」だ。二年後の株式取引所条例制定を受け、東京、大阪で「東京市場新聞」「大阪市場新聞」を発刊。株式、商品などの市場情報を発信する新聞として頭角を現した。戦時体制下で経済関係新聞の一社統合策で「亜細亜経済新聞」を発刊した。

戦後は、政府と一体で、日本の戦後の高度成長路線を推進、部数を伸ばし百万部を達成した。しかし、昭和四十年の証券不況の影響で、広告が急減したうえ、個人投資家の株離れで部数も八十万部に減った。その結果、赤字に転落し、資金繰りにも四苦八苦した。

そんな時、「公電窃盗スクープ事件」でやはり赤字に転落した日々との合併構想が銀行筋から持ち込まれ、飛びついたのだ。日々は戦前には部数トップの座にあった老舗の大手、腐っても鯛だ。赤字になったとはいえ、東京や大阪に優良不動産をいくつも持っていた。亜細亜経済が生き残るためには願ったりかなったりの合併だった。

唯一の取り柄は〝俗物〟、〝女を誑《たら》し込む術〟

「リスクって何なんだ？」

松野がムッとした表情で、村尾に詰め寄った。

「先輩、合併は株主総会で承認してもらう必要があるでしょ。それが簡単じゃないと……」

「株主総会？　それはうちだって同じだろう」

「それはそうですが、うちはOB株主次第なところがあるんです」

「OB株主よりももっと大変な株主がうちにはいるんだぞ」

「社主ですか」

「そうだ。社主に比べたらどうっていうことはないじゃないか」

日本の新聞社はその株主構成で二分できる。一つは〝社主〟という、会社の経営を握る大株主が存在する株式会社だ。もう一つは〝社主〟が存在せず、OBや社員だけで大半の株式を持っている組合のような株式会社である。

大都は前者の代表格で、明治の創業以来今もって〝社主〟がいる。〝社主〟は会社のオーナーで、初代が野嶋了、二代目が野嶋良太、三代目が良太の長女、野嶋早世子である。

オーナーとして経営の実権を名実ともに握っていたのは二代目の良太時代の途中までだった。戦後、良太が公職追放になってからは〝社主〟は会社における〝天皇〟のような立場になった。三代目の早世子もそれを踏襲、経営に嘴《くちばし》を挟むことはなかった。

早世子が社主に就いて以来、本社に姿を見せるのは年三回だけだった。正月の賀詞交歓会、六月末の定時株主総会、そして、十月の創刊記念日の懇親会だ。早世子は簡単な挨拶をするのだが、内容を覚えている者はほとんどいない。

現実に、若い記者たちはもちろん、中堅幹部にとっては、めったに出会うこともない社主は頭の片隅にすら残っていない存在なのである。しかし、経営陣にとっては、四六時中頭の中から消えない、厄介な存在だった。最近まで、社主が株式の三分の二を持っていたからだ。早世子の機嫌を損じれば、経営上の重要な決定はできなかった。

早世子は大正八年（一九一九年）生まれの高齢で、亡くなれば巨額の相続税の支払いで、株式が散逸するのは確実だった。ここ十年ほどは社主の保有株の扱いが経営陣の喫緊《きっきん》の課題であり続けた。だから、経営陣は皆、腫れ物に触るように早世子に接してきた。

「でも、松野さん、社主は三年前にかなり株を売ったんじゃないですか。今は三分の一の拒否権も持っていないんでしょ」

村尾が反論すると、松野は顔を真っ赤にして睨みつけた。

「持ち株比率は二五%に下がっている。でもな、売却に至る経緯もあって、今だって重要案件は彼女の了解なしには何も決められない。そんなことも知らずに何を言うんだ」

三代目の早世子が二代目の良太から株式を相続した昭和三十年代後半はまだおおらかな時代だった。国税庁がペンという武器を持つ新聞社を特別扱いして、相続税をほとんど課税しなかったといわれる。しかし、今、そんな特別扱いをしたら、国税庁はもちろん、大都も世間の袋叩きにあうのは目に見えていた。

社員やOBで買い取ることができれば問題はない。しかし、社主の保有株を全て買い取れば一千億円以上になるのが確実で、その道は事実上閉ざされていた。早世子が健在なうちに、経営陣と協調する安定株主に保有株式を売ってもらう必要があったのだ。しかし、最近の経営陣は皆早世子より年下で、相手にしてもらうことすら容易ではなかった。

大都は日本を代表するクオリティペーパーと自認しているだけに、経営陣から末端の記者まで、プライドが高く、インテリ然としている。そんな中にあって、相談役の烏山凱忠、社長の松野の二人は例外的な存在だった。スノッブ根性丸出しで、インテリ臭が全くなかっ

た。実際、二人とも知性のかけらもないのだから、当然なのだが、それが社主との対応では幸いした。早世子はインテリ臭の強いエリート面をする男が大嫌いで、面会することすら難しかったからだ。

烏山の場合は人間性はもちろんのこと、顔つきからして下卑たところがあった。これも早世子が毛嫌いする男の範ちゅうで、相手にされなかった。しかし、松野は人当たりがよく、明るい性格なうえ、外見だけは紳士然とした風があり、気にいられる素地があった。社長に就任して赤坂の自宅に挨拶に出向くと、すんなり早世子に会うことができた。「社主には会えない」というのが定説だっただけに、単純な松野は有頂天になり、四半期に一度社業報告と称し、自宅を訪問するようになった。早世子邸に何度か足を運ぶうちに、恐る恐る株式の問題を持ち出すと、早世子が待ってましたとばかりにこう言い放った。

「ようやく切りだしたのね。わかっているわよ。社主は私でお終いにするつもり。大都が混乱することがないようにします。その代わり、末永く日本一の新聞であり続けるようにしてください。株をどうするかはあなた方で案を作って持ってらっしゃい」

予想だにしなかった発言で、松野は早世子にひれ伏すように畏《かしこ》まり、社に戻った。だが、松野はもちろん、その側近たちも気をもんでいただけで、アイデアは全くなかった。そればかりか、社内には具体案を作れるような人材はすでにいなかった。結局、コンサルタント会社に具体案を策定してもらうことになった。そして、社主が保有株八百万株のうち五百万株を手放して、その持ち株比率を二五%に引き下げる案が固まり、早世子も了承した。しかし、五百万株を手放すといっても、引受先は経営陣を支持する〝安定株主〟でなければならない。それは松野の仕事だった。引受先と購入価格が決まり、実行されたのが三年前だった。そんな事情を考えれば、松野が激昂するのも無理からぬところがあった。

四人姉弟の末っ子だった村尾は怒った相手を宥《なだ》めるのが得意だった。上の三人は全員姉で、物心ついた頃から女の理不尽な怒りにさらされた。どうすれば嵐を収められるか、身をもって学んだのだ。それが女を誑《たら》し込む術に長けることになった理由で、村尾は年齢に関係なく目を付けた女は必ずモノにしてきた。その術は男に対しても有効だった。

「わかりました。私が悪かったです。勘弁してください。『合併で合意』でいいんです」

困り果てた顔をした村尾は座椅子の座布団を外し、平身低頭した。すると、松野もばつの悪そうな顔になり、声もトーンダウンした。

「まあ、いい。でも、うちが社主の株問題でずっと苦労しているのは知っていただろう」

「ええ、薄々知っていますけど、週刊誌報道を読んでいるくらいで、細かなことは知りませんでした。てっきり片付いた問題とばかり思っていました。本当に許して下さい」

村尾はまた畳におでこを擦りつけるようにして謝った。

「村尾君。ちゃんと座り直せ」

松野は中腰になって両手の掌を差し出し、天井に向けて振った。そして、続けた。

「うちの業界はお互い、見て見ぬふりをするのが慣行だ。痴漢や暴行などの破廉恥罪だって、記事にしない美風があった業界だ。最近はそれを世間が許さなくなって、破廉恥罪絡みの記事は載せざるを得ない。〝よき伝統〟が失われると、いろいろ困るんだけどな」

「本当にそうですよね。困ったもんです」

「でもな、破廉恥罪をやった奴を復権させても、週刊誌なども大目に見てくれて記事にはしない。それが救いだな。うちの株問題のような経営に関わる案件も新聞が報道しないから、週刊誌が断片的な報道をするだけだ。まあ、君がよく知らないのも仕方ないか。だがな、これからは合併するんだから、ちゃんと知っておいてもらわないと困るぞ」

「よろしくご指導のほど、お願いします」

「君な。俺だから、社主の持ち株を二五％に減らすことができたんだぞ。それで、今度の合併話も始められる環境が整った」

「それはわかっています。もう勘弁して下さい。お願いしますよ」

「ふむ。社主との話は今度ゆっくり話すさ。日亜の社長が詳しく知らないんじゃ、困るからね」

「社主との関係は今度でいいですけど、株式の保有状況はちゃんと教えてください。それは今、知っておかないと……」

「わかったよ」

松野が説明を始めた。


資本金六億円の大都は一株五十円（旧額面）で株式を発行、発行済株式数は一千二百万株だ。三年前まで三分の二の八百万株を社主の早世子が保有、残りの三分の一は社主の親類関係者（持株比率一〇％）、社員・役員持ち株会（二三・三％）が持っていた。

早世子が三年前に五百万株売却、持ち株は三百万株に減り、持ち株比率二五％に下がった。売却した五百万株のうち八十万株（六・六％）は社員・役員持ち株会、四百二十万株（三五％）は大都テレビなど系列テレビ局、新聞用紙購入先の製紙会社が買い取った。

株式の保有状況の説明終えた松野が続けた。

「わかるだろ。社主の持ち株比率は二五％になったけど、その一族が一〇％持っている。両方で拒否権の三分の一は超えているんだ」

「でも、社主と一族は一枚岩じゃないんでしょ。そう言う噂を聞いていています」

「今はそうかもしれんが、一寸先は闇だぞ。だから、今度の合併の件でも社主とはうまくいくようにちゃんと根回しししているんだ」

松野がこう言った時、ビール三本を入れた籠《かご》を持った老女将が入ってきた。

アナクロニズムの新聞社は社長になればやりたい放題

「お待たせしました。ようやく料理が届きました」

老女将は村尾の奥まで進み、ビール瓶を入れた籠から、一本取り出し、栓を抜いた。

「さあ、お一つ、どうぞ」

と言って、二人のグラスのお酌をした。そして、付き出しと前菜を卓袱台に並べ終わると、もう一度聞いた。

「あとの料理はまだよろしいですか」

松野が腕時計をみた。午後七時十分だった。

「二人がきてからでいいな」

老女将が部屋を出るのを見届け、松野が切り出した。

「若い連中がくるまでにいくつか確認しないといけないことがあるから、話を急ごう」

「わかりましたけど、うちの株式問題についても理解して頂きたいんですよ」

「え、どういうことなんだ」

松野が怪訝な顔をした。

「先輩の大都は社主で大変なのはよくわかりますが、うちは株主の全員が社員とOBです。現役は私に人事権があるんで、どうにでもなりますが、OBは簡単じゃないんです」

「OBだけで三分の一以上持っているのか」

「ええ、そうです。持ち株比率を現役とOBでみると、ちょうど半々くらいなんです」

「でも、新聞社の経営形態はどこも同じだろ。違いは社主がいるかいないかだけだろう」

「社主は一人、親族などがいても数名でしょ。でも、OB株主は数百人いるんです」

「相手がたくさんいるから大変、というのか」

「そうなんですよ。考えようによっては社主より厄介です」


日本の新聞社の多くは大手全国紙、地方紙に関係なく、世界中どこの国を探しても存在しない、〝天然記念物〟的な株式会社として運営されている。戦後のどさくさの中で制定された日刊新聞法という〝遺物〟に基づき会社を組織し、後生大事に守っているからだ。

日刊新聞法は新聞社の株主を「新聞事業に関係する者」に限り、譲渡制限を認めている。

この法律に基づき、株式会社を組織すれば、どんなに日本の経済規模が拡大しても、新聞社の株式を保有できる株主が限られるので、資本市場から資金調達することが難しいなど問題もあるが、その半面、経営陣の私物化に好都合なのだ。

実際、新聞社の大半は極端な過小資本である。部数第一位の大都は年間売り上げが四千億円を超すのに、資本金はわずか六億円である。部数第三位の日亜も売り上げが二千五百億円前後あるのに、資本金は三十億円である。年間売り上げが二千億円を超す、新聞社以外の大企業で資本金が百億円未満の会社は皆無と言っても過言ではないだろう。

新聞が建前として常々主張しているように、企業の社会的責任は規模が大きくなればなるほど重くなる。しかし、新聞社の場合は、仲間内しか株主が存在しないうえ、マスコミも身内には批判の目を向けない。もちろん、監督官庁はなく、行政からのチェックもない。

つまり、新聞社は外部からのチェック機能がほとんど働かない。ジャーナリストとしての自覚のある優秀な経営者がいないと、堕落するリスクの大きい、特殊な株式会社なのだ。

いずれにせよ、社主の存在しない新聞社の経営者は、怖いものなし、の環境に置かれているわけだが、のどに刺さった小骨くらいの存在はある。それがOB株主である。

現役社員の株主は経営陣が人事権を持っているので九九％刃向う心配はない。だが、退職したOB株主は現役社員と同じというわけにはいかない。だから、大都にしても日亜にしても、定年退職した社員を、世間並みを逸脱した、破格の捨扶持《すてぶち》で飼殺しにするのだ。OBには「札びらで頬を叩く」ような経営陣の行為と不快に思う者もないわけではない。しかし、背に腹は代えられないのが実情で、経営陣に眉をひそめたくなるような行為があったり、経営のかじ取りがおかしいと思ったりしても見て見ぬふりをすることが多い。

それでも、OB株主は経営陣に刃向うリスクが全くないとはいえず、唯我独尊、傍若無人に振る舞うことに慣れた新聞経営者にとっては、常に気になる。特に、合併のように新聞社の行く末に関わる重大な経営問題であれば、記者出身のOBは、ああでもない、こうでもないと言い出す可能性が高い。

だから、OB株主はのどに刺さった小骨のような存在なのである。そのまま放置しても命に別条はないが、OB株主は小骨のようには取り除けない。

村尾の説明に今一つ納得できない風情の松野は、卓袱台のビールを取り上げ、独酌した。一息に飲み干すと、付き出しの和え物をつまみながら、質問を続けた。

「社主のいないところはみな同じなのかね。君の所だけの特殊な事情はないのかい？」

「国民新聞もOB株主は気になる存在ですが、うちだけの特殊な事情もあります」

「特殊な事情？」

「うちは合併会社だからです。旧日々出身と旧亜細亜出身で考え方に違いがあります」

「旧日々はリベラル路線だったな。対米協調路線の今の日亜の姿勢に不満があるのかね」

「でも、旧日々出身ＯＢの持ち株はあまり多くないんです。拒否権の心配はありません」

「それじゃあ、旧亜細亜の方か」

「そうなんですよ」

村尾は、合併した日亜の資本金や株主構成がどう変わったかを解説し始めた。

昭和四十五年、旧日々と旧亜細亜が合併した時、両社の資本金はそれぞれ二億円、一億円、発行価格（旧額面）は五十円で、発行済株式数はわずか四百万株、二百万株だった。合併に際して、存続会社がどっちがなってもよかったが、歴史が古く、規模も大きい旧日々が存続し、旧亜細亜はなくなった。

合併時点で、旧日々の部数は二百七十万部だった。対する旧亜細亜は八十万部で、旧日々の部数が旧亜細亜の四倍以上だった。存続会社が旧日々になって当然だった。経営状況に格差があれば、合併比率も問題になるが、当時の両社は債務超過スレスレだった。対等合併に異論はなく、旧日々の株主同様に、旧亜細亜の株主にも一株持っていれば、日亜株一株が与えられた。

合併前の両社は戦前から社主は存在せず、社員・ＯＢですべての株式を保有する形態だった。従業員数は旧日々四千人、旧亜細亜二千人、ＯＢを含めた株主数も同じく二対一だった。

要するに、日亜は合併時点で株主数だけでなく、その保有割合も旧日々OB・社員が三分の二、旧亜細亜OB・社員が三分の一の株式を持つ株式会社だった。

この株式保有割合が今日まで続いていれば、左翼的なジャーナリストの多かった旧日々出身の株主が対米追随路線の現在の日亜の報道姿勢に対する不満が燻《くすぶ》り、経営陣の目の上のたんこぶになっていたはずである。

松野は話し好きだが、黙って聞くのは苦手である。先をせかせるように、嘴《くちばし》をはさんだ。

「旧日々OBの株主は心配しなくてもいいのかい？　君の話は前置きが長すぎるよ」

「まあ、待って下さい。先輩」

村尾は先を急かせる松野のグラスと自分のグラスにビールを注いだ。

「一杯やってください。あと少しですから。最初から説明しないと、分からないんです」

「そうか。じゃあ、続けろよ」

うるさい株主には札びらを切れ

旧日々出身株主が経営上どうでもいい存在になったのは合併後の日亜が経済報道を売り物にし、急成長したことと無関係ではない。

合併前、旧日々は「公電窃盗スクープ事件」で、その報道姿勢をソ連親密路線から対米協調路線に急旋回させた。合併後はその延長線上で、米国のプロパガンダ紙的な役割を担うようになった。昭和五十年代に入り、第二の経済大国として日本経済が米国の脅威になり始めると、日米関係も変質した。

戦後、日米関係は一貫して政治問題だったが、昭和五十年代以降は経済問題となり、昭和六十年代、平成とその比重は高まった。そうした中で、経済報道重視の日亜は米国の主張を代弁し、日本政府に市場開放を迫る立場を鮮明にした。それが米国の本音を知りたい日本の経済界のニーズと合致、部数を伸ばしたのだ。

部数が伸びれば、人員や設備も増やす必要が生じる。アナクロニズムの株式会社だから、広く資本を集めることはできない。しかし、銀行借り入れや社債発行で資金調達するためには資本を全く増強せずには対処できない。

日亜は合併後、五回増資をした。最初と二回目は各三億円、三回目と四回目は各六億円、最後の五回目は九億円で、現在の資本金は三十億円になっている。五回の増資はすべて発行価格は旧額面の五十円で、社員・ＯＢに割り当てた。

合併後の日亜に入社した社員にも株式は割り当てられたので、合併前の旧日々ＯＢ・社員が三分の二、旧亜細亜ＯＢ・社員が三分の一という保有割合が続くことはあり得ない。株を保有していれば、新株を引き受ける権利があるので、全員が権利を行使すれば、旧日々と旧亜細亜の出身者の持ち株比率が二対一のままでもおかしくない。

しかし、現実にはそうならなかった。現在の日亜の発行済株式数は六千万株である。半分の三千万株は合併後の日亜に入社した社員と役員が保有。残りの半分が旧日々、旧亜細亜出身のＯＢが保有しているが、ＯＢの持ち株比率は完全に逆転している。ＯＢ持分の三分の二、二千万株は旧亜細亜出身者、三分の一の一千万株が旧日々出身者の保有になっており、旧亜細亜出身者が一致団結すれば拒否権を行使できる。

なぜ、そうなったのか。旧日々出身者は社会主義信奉者が多く、思想信条から株式の取得を拒否したからだ。対する旧亜細亜出身者は経済新聞だったこともあり、資本主義を是認していたうえ、経済観念が発達していた。合併直後こそ、日亜新聞株の配当は三％だったが、増資を始めて以降は一〇％以上、三年前までの十年間は一八％の高配当で、他の貯蓄をするより、日亜株を買う方が資産運用としてずっと有利だったのである。

しかし、旧亜細亜出身の株主は経済観念が発達しているだけに、大都と合併するとなると、その条件が日亜に不利であれば、簡単に承諾しない可能性が濃厚なのだ。

村尾の説明に耳を傾けていた松野が再び口を挟んだ。こらえ性がないのである。

「反対株主には札びらを切ればいいじゃないか。ＯＢの連中はカネが欲しいんだぞ」

「できればいいですよ。それも難しいことを、これから説明しようと思っていたんです」

「札びらを切れないのか？」

「そうなんです。うちの株は戦後、ずっと、昔の額面、発行価格の五十円で取引する慣行なんですよ。だから、買い取り価格を上げることはできないんです」

「そんな馬鹿な。非上場会社の株式の評価は複雑で、俺も正確には覚えていないが、うちの社主に株を売ってもらった時はちゃんと類似業種比準方式で計算した価格で実行し、社員・役員持ち株会の売買も配当還元方式で計算する価格を基準にしていると聞いている」

非上場株式の評価の方法は三つある。純資産価額方式は解散を前提に株主に分配されるはずの正味の財産価値で評価する方法で、時価評価の一株当たり純資産額が取引価格になる。残りの二つは類似業種比準方式と配当還元方式で、前者は事業内容が似ている上場企業と一株当たりの配当金額、利益金額、純資産価額の三要素を比較して算出する方法、後者は年間配当額を一定の利回り（一〇％）で還元して取引価格をはじき出すやり方だ。

大抵の会社では純資産価額方式による評価額が最も高くなり、次いで類似業種比準方式、配当還元方式の順になる。大都のような社主のいる非上場会社は、社主の保有株は類似業種比準方式、少数株主の社員やＯＢの保有株は配当還元方式で算出するのが原則なのだ。

「でも、うちは駄目なんですよ。先輩はご存じないんですか」

「何だ。その言い方は」

「そんなつもりはありません。ただ、うちと同様に社員とＯＢだけが株主の国民で裁判があったんですよ。ＯＢ株主の一人が発行価格の十倍の価格で別のＯＢに売ろうとしたんです。それに国民サイドが待ったを掛け、訴訟になったんです。最高裁まで争ったんですが、結局、最高裁が国民サイドの主張に軍配を上げたんです。ちょうど、大都の社主が株を売った頃ですよ。国民が紙面で勝った、勝った、と大騒ぎしていましたよ」

「……社主の株のことで頭がいっぱいだったから。よそのことなんて眼中になかった」

「社主の株問題は大変でしたからね。わかります」

松野が新聞を読まない噂を聞いていた村尾はこう言い終わってから「しまった」と気付き、殊勝らしく俯《うつむ》いた。口元に笑みが漏れ、松野に薄笑いを浮かべていると追及されては困ると思った。幸い、松野には口元の笑みは見えなかった。

「でも、そりゃ、最高裁もおかしいな。それじゃ株式会社とはいえんじゃないか。国民に遠慮したのかね」

松野に薄笑いを気付かれずに済んだ村尾は卓袱台のビール瓶を取り上げた。

「先輩、もう一杯どうですか」

松野がグラスを取り上げると、村尾はビールを注いだ。そして、自分のグラスにも注ぎ足し、喉を潤し、最高裁判決のプラス面を強調した。

「まあ、先輩、そうかもしれませんが、言論機関の神通力はまだまだ健在です。張り子の虎かもしれないけど、それがあるから、他の大企業と違って我々は世間や株主、マスコミの目をびくびく気にせずにこうして好き放題にやれるんです。感謝しなきゃいかんですわ。うちなんか、国民さんのご相伴に預かったわけですから」

「だがな。それだとちょっと、今度の話が振り出しに戻りはしないか」

「なぜですか」

「俺は、日亜の株がずっと発行価格の五十円で取引されているとは考えていなかった。

うちの社員・役員持ち株会は元々同じ五十円で発行された株を配当還元方式で決まった二百五十円で取引している。合併比率を決めるのが難しいんじゃないか」

「そんなことはないですよ。だから、私はうちの株五株で大都株一株を渡してもらう案でお願いしているんです。それだと、うちの株は五株で取得価格が二百五十円です。大都株一株が二百五十円で取引されているから、合併前も後も変わらないんです」

「そういうことか。それで、日亜五株＝大都一株と言っているのか」

「それだけじゃないですよ。日亜五株＝大都一株なら、うちの株数は六千万株から大都さんと同じ千二百万株に減ります。新会社の株式保有割合は日亜株主と大都株主が半々になるうえ、社主の持ち株比率も二五％から一二・五％に下がります」

「社主の持ち株比率が下がるのはいい。でも、うちと君のところの資産内容を比較すると、日亜六株＝大都一株か日亜七株＝大都一株が妥当だと思うがな」

「先輩、日亜五株＝大都一株でも、うちの株主は大損するんですよ。今、うちは一株六円配当をしていますので、五株で三十円の配当を手にできます。でも、合併後は大都が五円配当のままなら、二十五円も減ってしまうんです。旧亜細亜出身の株主が厄介だ、というのは配当の問題もあるんです」

「わかった。うちが存続会社だしな。合併比率は日亜五株＝大都一株でいい。もう時間がないから、最後のネット新聞のことを決めようや」

松野が腕時計を見て、渋々村尾の主張を受け入れた時、「美松」の玄関の硝子戸が開いた。

呼んでいた二人のうち一人がきたのである。

「もう来ちゃいましたね。ネット新聞の扱いは二人を入れて話してもいいんじゃないですか。意見にそれほど違いがあるわけじゃないですから……」

村尾が反応した。すると、また、玄関の硝子戸の開く音が響いた。

「二人とも来たな。君の言う通りにするか。二人ともびっくりするぞ」

「誰と会っていると言っていないんですか」

「そうだ。君はどうなんだ？」

「私もですよ」

「じゃあ、玄関で二人ともびっくり仰天さ」

第二章　ジャーナリズムは〝張り子の虎〟

――守るは我らの秘密の共同体

経済報道重視、収益至上主義が裏目に出た

「お見えになりましたよ」

老女将が格子戸を開けた。大都、日亜両社の取締役編集局長の二人だった。北川常夫と小山成雄である。二人は顔を見合わせた。一緒に入った老女将が怪訝な顔をした。

「どなたがいるのかご存じなかったのですか。変なんですよ、このお二人」

「女将、何が変なんだい？」

松野が笑い声で問い返した。

「いえね。最初に硝子戸を開けたのはこちらの方でした」

「このお方が上がり框《がまち》に上がろうとした時、また硝子戸が開いたんです」

老女将が北川に手を向けた後、右隣の小山に目をやり、続けた。

「顔を合わすなり、それはびっくりで、『あ！』と言ってお互いを指差したんです」

「そうか、やっぱりな。おい、村尾君、想像通りだったな」

対面の村尾が含み笑いをして頷くと、松野が二人に声をかけた。

「おい、早く席に着けよ。北川は俺の隣、小山君は村尾君の隣に座れや」

二人が指定された席に着くと、老女将は遠慮がちに聞いた。

「なんだかよくわかりませんけど、もう料理を出していいんですね」

「もちろんさ。それにビール二本。そうだ、君たちは何を飲む？　遠慮せずに言え」

「最初はビールでいいです」

北川が向かいの小山に目配せして答えた。

「これから、ちょっと重要な話があるから、日本酒党の村尾君に熱燗二本、それに焼酎のボトル一本。お湯割りにするから、お湯と梅も。それだけ先に持ってきてくれ」

「まあ、そんなに一遍に持ってこられませんよ」

老女将が笑いながら部屋を出て行った。

「一体何なんですか」

北川が松野と村尾の顔を窺うよう交々見た。

「まあ待て。酒と料理が来てからだ。さっきのビールが残っているだろ。先ず一杯やれ」

村尾が脇にある籠からビール瓶を取り、松野に注ごうとした。

「いや、私がやります」

隣の小山が村尾の取り上げたビール瓶に手を伸ばし、松野、村尾、北川の順にグラスに注いだ。瓶を受けとろうとする北川を制して、自分のグラスにもビールを注いだ。

「なんだか、よくわかりませんが、お近づきの印に乾杯しましょう」

小山がそう言って、杯を上げた。

「お待たせしました」

老女将がビール二本と焼酎のボトルを乗せたお盆を小山の脇に置き、後から来た二人のつき出しと前菜を運んだ。部屋を出ると、今度はお造りの皿と煮物の小鉢を持ってきた。

「この後はよせ鍋ですが、どうします？　すぐに用意した方がよければ熱燗とお湯割りのお湯と一緒にお持ちしますけど……」

「そうだな。そうしてもらうか」

老女将が部屋を出て格子戸が閉まる音を聞いて、今度は北川がビール瓶を取った。

「さあ、村尾社長、もう一杯どうです？」

村尾がグラスを差し出した。そして、松野、小山の順にビールを注いだ。

「でも、どういうことなんですか。お二人がこんなところで差しで飲んでいたなんて。ネット新聞の共同開発以来、親しいらしいとは聞いていましたけど……」

「村尾君が社長になって以来、月に一回のペースで飲んでいる。いろいろあってな」

「そう。松野さんがいなかったら、僕は今ここにいないだろうな。恩人なんだよ」

村尾が笑いながら松野に応じると、小山が口をはさんだ。

「社長、やっぱり噂は本当だったですね」

「噂って、なんだよ」

松野が遮《さえぎ》った。

「社長を前にして何なんですけど、三年前の一連の事件のときに流れていたんですよ」

「一連の事件って〝サラ金報道自粛密約事件〟と〝取材メモねつ造事件〟のこと？」

今度は北川が聞いた。

「そうです。二つの事件で、うちの特別顧問の富島（鉄哉）が引責辞任に追い込まれのはご承知だと思いますが、その突然の辞任がなければ……」

「気にしなくていい。続けろよ」

村尾が苦笑した。それでも、言い淀んでいる小山をみて、松野が助け舟を出した。

「日々テレビ社長の正田幸男君だろ。若い時から経済部のエース記者として有名だったし、業界でも誰もが富島君の次は彼だとみていた」

日亜では、合併後のトップ人事はたすき掛けで、合併時は旧日々・政治部出身、二代目が旧亜細亜・経済部出身、以後、旧日々・政治部、旧亜細亜・経済部が交互に社長に就いた。五代目が旧日々・政治部の富島で、六代目は四年下の昭和四十三年入社の旧亜細亜・経済部出身の正田、という路線がコンセンサスになっていた。

「その正田君が富島君と一緒に詰め腹を切らされちゃった。二つの事件のおかげで、今があるのは村尾君だけじゃないぞ。君もだぜ。わかっているな」

松野が小山を指さし、大笑いした。

日亜が二、三年前まで大都とともに〝勝ち組〟と喧伝された背景には、合併後一貫して経済報道を重視してきたことがあった。それが企業広告の獲得につながり、大幅な収益の向上をもたらした。合併後に政治部から経済部に移った五代目の富島は経済記者としては二流だったが、役員になって広告を担当、業績拡大に貢献した。それが認められ、社長ポストを手中にした。

合併後の日々出身の社長は初代、三代ともに政治部一筋の政治部長、編集局長経験者だった。旧日々OBの間では「五代目も政治部長経験者を充てるべきだ」という声が強かった。実際、富島の同期に合併後もエースとして政治部に残り、政治部長、編集局長を務めた源田真一という男がいた。政治記者時代に企画記事部門で日本報道協会賞を受賞しており、いずれは五代目社長に就くとみられていた。

しかし、源田は編集担当常務の時、体調を崩し、経営の一線から身を引いた。このため、旧日々時代は政治部に所属していたうえ、広告部門で業績を上げた富島が浮上した。富島は社長に就くと、言論報道よりも収益重視の姿勢をさらに鮮明にした。その延長線上で起きたのが〝サラ金報道自粛密約事件〟だった。収益至上主義路線のとがめが出たのである。

四年少し前のことだ。日亜はサラ金最大手の太平洋金融から、年間十回見開き二ページの広告特集を五億円で受注した。通常、こうした広告特集はスポンサーが下五段を自社の宣伝に使う。しかし、多重債務問題の深刻化を背景に利息制限法を超す金利を取るサラ金への批判が強まる中、一連の特集では太平洋金融の社名を一切出さず、世界遺産の紹介や遺産を巡る旅の話で埋め、下五段には日亜の旅行関係の書籍など広告を載せる方式だった。

こんなおいしい話はないのだが、その裏には太平洋金融との密約があった。サラ金批判の記事の掲載を極力抑えるというもので、掲載する場合は扱いを小さくすることだった。この密約が週刊誌「週刊真相」にすっぱ抜かれたのである。五回目の見開き広告が紙面を飾った三年前の正月だった。

この特集広告の受注は富島の陣頭指揮で太平洋金融側にアプローチした成果で、太平洋金融のオーナー会長、大神保男とのトップ会談で決まった。しかし、密約自体は文書化されなかった。言ってみれば、トップ同士の〝口約束〟だった。

それが幸いした。強気の富島の指示で、日亜は太平洋金融ともに、「週刊真相」編集部に対し「密約など存在しない。記事は事実無根だ。名誉毀損で訴えるぞ」と猛抗議した結果、予定されていた続報の掲載は見送られた。

結局、「週刊真相」の記事は単発で終わり、一カ月ほどで世間的には一件落着になった。しかし、日亜社内、特に編集局では「証拠はないかもしれないが、『週刊真相』の報道は事実だ」とみる記者が大半だった。若い記者の間では「社長の責任をうやむやにするのはおかしい」との声が根強く、編集担当専務の正田を突き上げる動きがくすぶり続けた。

そんなときに表面化したのが〝取材メモねつ造事件〟だった。

Trophy to Vie for Clout
Naotoshi Okada, left, Nikkei's president, and Tsuneo Kita, its cha

〝取材メモねつ造事件〟が致命傷に

政治は政治家たちが権力を目指し権謀術数の限りを尽くす場である。その実態をより正確に伝えるには各政党の枢要な政治家たちの話を聞く必要がある。記者たちの取材結果はメモにされ、記事を書くキャップに届けられる。キャップは自分の独自取材と、他の記者が集めた情報をもとに、実態について自分なりの見方をまとめることがままある。

ジャーナリズムは一人の記者が取材し、リスクを負って記事するのが本来のあるべき姿である。だが、テーマによっては一人でなく、グループで取材、実態に迫るしかない事象もある。だから、大手新聞社の政治部が部下の記者たちを使い、メモを上げさせ、それをもとにキャップが記事をまとめる手法が生まれた。それ自体が問題なわけではない。過程を伝える意味ではこの手法を取る方がより実態に肉薄できることが多い。

しかし、最近では、この手法は経済部や社会部にも広がり、若い記者の間ではメモを作れば仕事は終わり、という意識が年々浸透、弊害も目立ち出している。いいメモを上げているかどうかが評価の対象になるためだ。

メモは読者にさらされる記事に責任を持つわけではない。偶々《たまたま》、夜回り取材が空振りに終わっても、日ごろの取材で聞いた話をメモにして取材したように装う不心得者も出てきて当然なのだ。それがばれずに済み、キャップの書きたい記事に都合がよければ、評価は上がる。政治記者として本流の取材現場を歩み、将来の政治部長の芽も出てきたりする。仮にばれても問題にならなければ要領のいい奴、という評価になる。

ところが、運の悪い奴もでてくる。大抵、政治家というのはアバウトで、批判されていない限り、事実かどうかは二の次で、記事に取り上げられれば喜ぶ。しかし、中には変人もいる。共生党党首の鈴木恭志がそうだった。

当時は、保守本流の自由党を中核に公民党、共生党の二党が政権に参加する三党連立政権が衆参両院で過半数をかろうじて守っていた。宗教団体を支援組織とする公民党は衆参で四十名の議員を抱える中政党だったが、共生党は衆議院三、参議院二のわずか五名の弱小政党だった。

共生党は野党第一党の民社党の党首選挙のしこりで離党した議員が結成した政党で、政権奪還を目指す民社党が共生党に政権離脱を働きかけていた。そんなとき、日亜朝刊が大ぶりの囲み記事で、政権離脱を巡る駆け引きを取り上げた。

記事に「党首の鈴木が記者に対し『明日が山場だ。今日はまだなにも決まっていない』と語った」と書かれていたが、当の鈴木が「記者には誰にも会っていない。なぜ、こんなコメントが載るんだ」とねじ込んできたのだ。

慌てた日亜が社内調査をしたら、若い政治部記者が鈴木に会えなかったのに、会ったことをねつ造したメモを上げていたことがわかった。これが〝取材メモねつ造事件〟である。

記事の中身自体が政局に影響を及ぼすようなことは全くないので、鈴木がねじ込まなければ問題なることはあり得なかった。だが、問題になってしまうと、張り子の虎とはいえ「言論報道機関」を標榜する以上、その根幹を揺るがす事態になる。事実をねつ造した証拠となり、「言論報道機関」の印籠が使えなくなる。

〝サラ金報道自粛密約事件〟に続く不祥事で、日亜はトップの引責辞任で事態を収拾するほかなくなるところに追い込まれた。六代目社長候補の正田幸男も富島鉄哉と一緒に引責、合併後の日亜入社の年次から後継社長を選ぶことになったのだ。

「〝サラ金報道自粛密約事件〟は社長だった富島君の責任だけど、〝取材メモねつ造事件〟は第一義的には編集担当専務の正田君の責任だ。二人が一緒に引責して何の不思議もないぜ。どんな噂が流れていたんだ？　小山君」

大都社長の松野が続けると、日亜社長の村尾が割って入った。

「松野さん、もう、それはいいじゃないですか。噂は噂ですからね」

「確かに、俺は富島君と親しいよ。でも、『正田君を道連れに辞め、後継を村尾君にしろ』なんて言ったことはない。『キーワードは〝三つのN〟、〝二つのS〟だ』とは言ったがな」

「え、それ何ですか。〝三つのN〟、〝二つのS〟といわれても分かりませんよ、社長」

刺身を摘みながら聞いていた、部下の北川が身を乗り出して口を開いた時、格子戸が開いた。

最初は熱燗二本、四人分の御猪口とグラス、梅干しの小皿を乗せたお盆だった。老女将はすぐに唐紙の外に出て、今度は焼酎のボトルとお湯割り用のポットを持ってきた。

「焼酎のお湯割りをおつくりしますか」

「まだいいよ。飲むときは小山君が作るさ」

「それではよせ鍋の用意もしましょう」

老女将は部屋を下がると、すぐにコンロと土鍋、取り皿、灰汁《あく》取りお玉を入れた小壺を持ってきた。卓袱台《ちゃぶだい》に中央に置き、取り皿も並べた。最後は四人前のよせ鍋に入れる具を乗せた大皿二枚と、タレの入った白磁の汁次《つぎ》だった。

「よせ鍋はまだよろしいですね」

老女将は汁次《つぎ》からたれを土鍋に注ぎながら、松野の顔を窺《うかが》った。

「よせ鍋も小山君と北川君にやってもらうから、火はつけないでいい。しばらくは話があるから、呼ぶまで下がっていていいよ」

松野の答えを聞いて、老女将は下がった。

「じゃあ、本題だ。小山君、もう一度、我々にビールを注いでくれ。村尾君は熱燗がいいなら、お酒にしろよ」

「ええ、僕は手酌でやります」

村尾が小山との間に置かれた徳利を取り上げた。松野が改まった調子で話し始めた。

「えへん、実はね、君たちが来る前、村尾君と話し合って、大都と日亜は来年四月一日に対等合併することで合意した。これからは合併後の媒体をどうするかといった課題を詰めるので、君たち二人で作業をしてもらいたいんだ」

「え、そんな話、全く聞いていませんよ」

北川と小山は奇声を上げ、顔を見合わせた。

「それは当たり前だ。これまで二人だけで話していたんだから。でも、今日からは君たち二人もその話し合いに加わり、大事な仕事をしてもらう。発表までは秘密厳守だから、他の人間は使ってはいかん。記者としての能力は月並みだけど、事務処理能力には長けている方だから二人だけで詰めの作業をして欲しい」

目が点になったままの二人に対し、笑顔の松野がグラスを持つよう促した。それをみて、村尾は御猪口《おちょこ》に手を伸ばした。

「来年四月の合併実現を祈念して乾杯！」

松野の発声で四人は再び杯を上げた。

「社長、来年四月に合併する、だから、二人で詰めろ、と急に言われても、何から手をつけていいかわかりませんよ」

グラスを置いた北川が松野にかみついた。

「まあ、待て。これから村尾君にもう少し説明させるから。君たちは刺身でもつまんでしばらく聞いていろ。村尾君、じゃ始めてくれ」

村尾は徳利を取り上げ、自分の御猪口に独酌すると、一息に杯をあおった。

「合併の狙いから説明しよう。業界を取りまく環境が悪化する中で、日本で断トツの部数の新聞を作ることだ。ネット新聞の発刊で大都さんもうちも部数が減り続けているが、減少トレンドに歯止めがかからなくても向こう十年は一千万部を維持できるし、国民新聞には絶対に抜かれない。さらにその先、二十年後の超人口減社会が到来しても、我々だけは生き残ることを目指している」

北川が身を乗り出したので、松野が小山に『ビール瓶を寄こせ』としぐさで示した。

「まあ、一杯飲んで落ち着け」

松野が北川と小山のグラスにビールを注ぎ、続けた。

「一杯飲んだら、そろそろ鍋を始めようや。それから、お湯割り作ってもらうか」

「小山君、コンロに火をつけてくれ。俺が鍋の準備をするから、君はお湯割りを作ってくれ。社長は梅干しを入れますよね」

脇の松野の顔色を窺いながら、ビールを飲み干すと、北川は鍋に具を入れ始めた。

「君たちは準備しながら、よく聞いていろよな。じゃあ、村尾君、続けてくれ」

日本酒党の村尾は徳利を取り、また手酌をしてぐいと一杯飲んだ。

「今、うちの部数は五百万部、大都さんは七百万部あるが、一つの新聞にすると、千二百万部というわけにはいかない。併読している読者の部数が約五十万部あるからな。まあ、その分が全部落ちても千百五十万部は残る計算だ。それから、新しい新聞も出す計画だから、その減少分は早晩取り戻せるとみている」

「村尾君、新しい新聞の前に、一緒にする仕方を先に説明した方がいいんじゃないか」

松野が口をはさんだ。

「そうですね。そうしましょう。合併期日は来年四月一日だが、新聞を一つの題字にするのはその一年後にしようと考えている。遅くとも合併から半年で紙面の中身は同じにするが、『大都新聞』『日亜新聞』の題字はしばらく変えないつもりなんだ。ただ、合併の準備状況次第という面もあるので、これはまだ確定したわけではない」

村尾がここまで話したところで、小山が立ち上がり、三人の前にお湯割りを置いた。

ネット新聞発刊が首を絞める

松野は、お湯割りのグラスを自分の前に引きよせ、箸の先で梅干しを突いた。そして、一口飲み、続けた。

「鍋ももういいんじゃないか」

北川が少し鍋のふたを持ち上げて、また戻した。

「もう少しですね」

「そうか。それじゃ、一つにする題字のことも説明してくれよ」

松野が村尾に先を促した。

「松野さんとの間では『大都新聞』のままでいいんじゃないか、と思っている。『大都』と『日亜』を足して二で割ることも考えていないわけではない。たとえば、『大日』とかね。君たちはどう思う？」

村尾が北川と小山の二人に振ろうとした。

「おい待てよ。意見を聞くなら、新しい媒体の話も一緒にしないと二度手間になるぞ」

再び、松野が容喙《ようかい》し、二人が答えるのを封じた。

「鍋が煮立ったようです。鍋をつついて少し待ちますよ。取り皿を出してください」

小山がぐつぐつ沸騰し始めた鍋の蓋を取り、松野、村尾、北川という順で、取り皿を受け取り、鍋の具を盛った。最後は自分の取り皿に盛り、フーフー言って食べ始めた。そして、取り皿に取った具をあらかた食べてしまうと、続けた。

「社長、新媒体の話をお願いしますよ」

「小山、そうせかすな。俺にも少しは食わせろ」

村尾が苦笑しながら、取り皿の鱈を口に運び、また、御猪口に酒を注ぎ、飲み干した。

「新しい媒体というのはね。超人口減少社会の到来を前提にした切り札にするネット新聞だ。うちは合併前、『亜細亜経済新聞』を出していて、合併後も経済情報を売り物にしてきた。その経済情報に特化したネット新聞を出すつもりなんだ。そのタイトルは『日亜経済ネット新聞』にしようということで一応一致している。新社名は『大都日亜新聞社』とするから、『大都』と『日亜』の二つの題字は残る。だから、紙媒体は『大都』でいいんじゃないか、と思っているわけさ」

鍋の灰汁を取り、鍋に大皿の具を追加していた小山が取り箸を置き、問い質した。

「社長、ネット新聞はうちも大都さんもすでに出しているじゃないですか」

大都、日亜両社が共同開発したネット新聞を出したのは一年半前である。タイトルは日亜が「日亜ネット新聞」、大都が「ネット版大都新聞」だ。紙は両紙ともに月四千円で、ネット版の価格も百円安い三千九百円で歩調を合わせた。しかし、紙＋ネット版の価格を設定するかどうかで対応は分かれた。

日亜は紙＋ネット版の価格を設定せず、「日亜ネット新聞」も紙より百円安く販売したため、ネットへのシフトが起こり、ネット版の部数は三十万部まで増えた。

これに対し、大都は紙＋ネット版の価格を設定した。その価格は四千五百円で、事実上の値上げを狙った。過去の記事検索の機能などのサービスを付け、大々的に宣伝したが、セット版の販売はあまり伸びていない。ただ、日亜と同様に紙からネット版へのシフトは起こり、ネット版だけの部数は二十五万部になっている。

しかし、新聞業界では、このネット版の部数は日亜、大都両社の発表ベースで、実際はその倍くらいの部数、それぞれ六十万部、五十万部になっているとささやかれていた。普通、大手新聞社は広告料に連動する紙媒体の部数を水増しするが、ネット媒体は紙媒体の部数減を加速させかねないので、過小発表しているると疑っているのだ。

両社にとってネットへのシフトは予想以上で、今や紙媒体の部数減が頭痛の種になっているのは間違いなかった。当初はテレビコマーシャルを使い大々的にネット版を宣伝していたが、最近は控えている。それでも、その効果はなく、業界ではネット媒体の部数について〝水増し〟ならぬ〝水減らし〟しているとの見方が広がっているわけだ。

「君も取締役なんだから、ネット版に紙が食われて困っているのを知っているだろう」

村尾は部下の小山を窘《とが》めた。

「大都さんはうちなんか以上にネット版へのシフトで困っているんだぞ。部数トップの大都さんは直販の販売店が多いだろ。紙媒体が減るということは販売店の死活問題なんだ。うちは大都さんなどの販売店に相乗りの地域が多いから、社内であまり問題にならない。それも大都さんが矢面《やおもて》に立ってくれるおかげだ。そうですよね、先輩」

「ふむ。だが、『ネット版大都新聞』と『日亜ネット新聞』はやめられない。時代の趨勢だからな。もちろん、合併後は新聞同様に一本化する。それに合わせて、今まで日本にない〝新しいネット媒体〟を出して新しい読者を開拓したい。つまりな、日刊金融産業新聞などの経済紙のパイを奪うのさ」

「今日ね、君たちを呼んだのは新媒体の『日亜経済ネット新聞』の中身をどうすればいいか、詰めてもらうためなんだよ。二人の間では、経済情報に特化して、ネットから新しい紙媒体にリンクさせる工夫もできないか、とおぼろげながら思っている。最初にちょっと話した紙の『新しい新聞』というのはこのことだ」

「要するにな、両社の新聞もネット版も一つに統合し、新たに経済に的を絞った『日亜経済ネット新聞』と、それに連動する紙媒体を発刊する、それが我々の構想だ。うちの立場からすると、紙を売る販売店へのアメも必要なんだ。ない知恵かもしれないが、絞ってくれよ。だから、大筋合意した合併の中身を君たちに話しているんだ……。おい、村尾君、合併比率のことをまだ話していないな」

松野は村尾の説明を敷衍《ふえん》して、次を促した。

「話しましょう。存続会社は規模の大きい大都さんで、うちの株主は日亜株五株で、大都株一株をもらうことにする方向だ」

「え、日亜株五株で大都株一株ですか」

村尾の説明を聞いて、北川と小山が期せずして同時に声を上げ、顔を見合わせた。

「そんな比率じゃ、うちの株主は損ですよ。せめて日亜株六株か七株で大都株一株ですよ。うちの含み資産は膨大ですよ」

大都の北川が口を尖がらせて声を張り上げた。

「北川さん、何を言うんです。三株で一株が妥当です。昭和四十五年の合併直後に売却して減ってはいても、うちも優良資産がかなり残っています。『有楽町日亜オフィスビル』は相当な収益をあげていますよ」

有楽町日亜オフィスビルは合併前の日々本社ビルの跡地に建てたもので、その賃料収入は日亜の重要な収益源だった。合併後二十五年間、日亜は旧日々ビルに本社を置き、大手町の旧亜細亜本社ビルには製作部門と印刷部門だけを残した。しかし、経済情報重視路線の奏功で急成長、製作部門と印刷部門を有明に取得した土地に建てた工場に移転、旧亜細亜本社ビルの跡地に現在の新本社ビルを構えた。そして、旧日々本社ビルの跡地にオフィスビルを建設したのだ。新築当時こそ、金融危機のあおりで、テナント集めに四苦八苦したが、今は稼働率一〇〇％近い。

小山の発言に北川が再び反駁した。

「うちはそんなオフィスビルが全国主要都市にあるんだぞ。有楽町周辺にも日亜さんの二つ分のテナントビルがある。松井デパート銀座店だよ」

「二人ともやめないか。お互いの優良資産を張りあっても仕方ない。大都と日亜は合併するんだ。つまらんことで喧嘩するな」

身を乗りださんばかりだった二人が座椅子に腰を戻すのをみて、松野が続けた。

「合併後の人事と合併比率は俺たちが決めることで、君らは関係ない。合併比率は資産内容をベースに株主構成などを勘案して決める。とにかく、新しいネット新聞の構想を早急に練ってくれ。今日は難しい話はもうおしまいにして飲もう。まだ鍋も残っているぞ」

松野に促され小山が鍋の灰汁を取り、タレを追加、三分の一ほど残っていた大皿の具を入れた。北川は松野と小山のグラスを集め、自分のと合わせて焼酎のお湯割りを作った。

グラスを受け取った松野が再び、口を開いた。

「一週間後にもう一度集まる。それまでにたたき台くらいは作って持ってきてくれ。じゃあ、もう一度、乾杯しよう」

「待ってください。そんなに急ぐんですか」

北川が小山と顔を見合わせた。すると、小山が上目遣いになって遠慮がちな口調で質問した。

「おっしゃる通りにやりますが、一つだけ、聞いていいでしょうか?」

「何だね」

「これから、日本は急激な人口減社会に突入します。国内を対象にした新規媒体を発刊して、企業として成長できるんでしょうか」

「何だ。そんなことか。他社のパイを奪うんだ」

「それはわかっています。でも、海外にも目を向ける必要はないんでしょうか」

「そりゃ、それもできれば越したことはない。俺も君と同じ考えでね。国内向けの新媒体と海外戦略も同時進行でやろうと言ったんだが、君のところの、村尾君が『日本の新聞社が国際企業として羽ばたくのは無理です』というんでね。ペンディングにしている。君は俺と考えが近いようだから、合併後に一緒に取り組もうじゃないか。え、どうだ、今日のところはそれでいいだろう」

松野は村尾に目をやりながら続けた。

「なぜ、村尾君が『海外戦略は無理』と言っているのかは後で聞けばいいさ。どっちにしろ、二人とも経済部出身なんだから、新媒体のたたき台くらいはすぐできるはずだぞ」

小山が頷くと、三人を見回しながら、お湯割りをグイとやった。北川と小山だけでなく、今度は日本酒党の村尾も手をつけていなかったお湯割りのグラスを取り、一口飲んだ。

「北川さん、どこで相談します？」

「お互いの本社は近いから、誰にも気づかれないように外で落ち合って相談すればいい」

村尾がそう言うと、松野が引き取った。

「編集局長なんて下がみんなやるから仕事がないんだ。時間はいくらでもある。今日のところは帰りに二人で連絡方法だけ決めて明日から動け。今晩は別々に構想を練るんだな」

「わかりました」

トップ選定のキーワードは〝三つのN〟と〝二つのS〟

小山は順番に取り皿を受け取り、煮立った鍋の具を入れ始めると、北川が口を開いた。

「社長。さっき、〝三つのN〟〝二つのS〟とか言いましたけど、それって何ですか」

「俺が日亜の富島君が引責辞任する前にアドバイスした話ね」

「そうですよ。さっき、話がとぎれちゃったじゃないですか」

「君に話したこと、なかったか。結構、いろんな奴に話しているんだけどな」

「聞いていませんよ」

「〝三つのN〟は〝可もなし、不可もなし、実績もなし〟ということ。〝二つのS〟は〝シークレット（秘密）、スキャンダル（醜聞）〟さ」

「いくつのなんとかって、社長の得意技ですね。挨拶や講演でよくつかいますけど、これは何ですか。小山さん、わかるかい？」

小山が首を振った。

「分かるだろう。どうしてわからないんだ。君たちの今があるのはこの〝哲学〟のおかげじゃないか。村尾君、説明してやれよ」

松野はお湯割りのグラスに手を伸ばし、舐めるように焼酎を飲みながら待ったが、村尾は笑って何も答えない。しびれを切らした松野が続けた。

「しょうがねえな。人事で引き揚げる奴の条件さ。〝三つのN〟は平平凡凡の記者を選べ、という意味。優秀な記者や実績のある記者は目ざわりだし、自分より人望集めたりしては困るからな」

「〝二つのS〟は〝秘密〟や〝醜聞〟のある奴を選べ、ですか」

大都の北川でなく、日亜の小山が割り込んで、意味ありげに村尾をみた。

「富島君が二つの条件に合致する後継者として選んだのが村尾君だ。そうだよな」

松野はニヤッとして村尾をみた。

「若い人の前で、そんなことは言わないで下さいよ」

「いいじゃないか。うちも日亜も中枢にいるのは全員、〝三つのN〟〝二つのS〟に合致しているといってもいいぞ。うちの烏山凱忠相談役は言わずもがなだけど、富島君も若い頃にいろいろあったらしい。『村尾君には大分助けられた』と言っていた」

「その話は駄目ですよ。今、富島は名門の霞ヶ関カンツリー倶楽部の会員になって大喜びなんですから。週一回か二回通ってゴルフ三昧です。志木市の自宅から近いんですよ。寝た子を起こすようなことはしないでください。合併の話もまだしていないんですから」

「俺だって同じだ。鳥山にまだ言っていない。でも、心配はいらんがね。富島君は俺が話せば、文句は言わんさ」

「そうかもしれませんが、余計なことは言わないで下さいよ」

「わかった。わかった」

松野が唇にチャックを閉めるようなしぐさをした。それをみた小山が恐る恐る質問した。

「富島のことはいいです。もう過去の人ですから。でも……。いや、これは聞かない方がいいですね。やっぱりやめておきます」

「おい、小山さん、言い出しておいて止めるのは変だぞ。合併して一緒になるんだ。その記念すべき日の宴じゃないか。無礼講でいいんですよね、社長」

北川が脇の松野を窺った。松野がうなずくのをみて、小山がしばらく間をおいて続けた。

「……。お二人はどうなのかと思いましてね。〝二つのS〟の方ですけど……」

「何が知りたいんだ」

松野がむっとした調子で小山を睨んだ。北川が追従した。

「小山さん、それを聞くのは野暮でしょ」

「でも、言え、と言ったのは北川さんでしょう」

「村尾君、小山君は文字通りＫＹじゃないか。君の人事の条件として挙げている〝ＫＹ〟とは全然違うじゃないか」

巷間、ＫＹは「場の雰囲気・状況を察することが出来ない人」を意味するが、村尾の〝ＫＹ〟は「器用で要領のいい奴」を指す造語だった。

「全くその通りです。私も先輩に倣って、キャッチフレーズとしてつくってみたんですけど、まだまだです。〝三つのＮ〟〝二つのＳ〟に〝ＫＹ〟を加えていたんですけど、これからは止めますよ。でも、小山は『器用で要領のいい奴』なんです」

恐縮しきりの村尾が言い訳した。

「まあ、いい。うちの北川君は〝三つのＮ〟〝二つのＳ〟はちゃんとクリアしている。小山君もそうなんだろ」

機嫌を直した松野が笑いながら、村尾をみた。

「もちろんです。その点は太鼓判を押します」

「そんな大声で言うなよ。みっともない。小山君は日亜の〝伝統〟を受け継いでなにかやらかしたのかね。それが〝二つのＳ〟か」

「え、なんですか」

村尾がびっくりして問い返した。

「合併前の日々で有名な事件があったろう。それで、亜細亜との合併に追い込まれたんじゃなかったか」

「ああ、『防衛庁公電窃盗スクープ事件』のことですか」

「そうだよ。その〝伝統〟で役所の資料を盗んでスクープでもしたのかと思ったのさ」

「防衛庁公電窃盗スクープ事件」は、旧日々新聞の防衛庁記者クラブ詰めの政治部記者が深夜に官房総務課に忍び込み、米国防省からの極秘扱いの公電を盗み出し、在日米軍の増強計画をすっぱ抜いたのだ。

スクープの中身自体は在日米軍に限られ、しかも、素案に近いもので、東西対立のなかで米国を盟主とする西側諸国全体の軍事戦略に及ぼす影響はほとんどなかった。しかし、米政府が強硬に抗議、日本政府も漏えいルートの捜査に乗り出さざるを得なかった。当時の日米関係とスクープした旧日々の左翼寄りの論調を考えれば、当然の成り行きだった。

極秘扱いの公電はスクープの三日前に駐米日本大使館から届いたもので、外務省と防衛庁に各二通あった。捜査の結果、四通のうち、防衛庁官房文書課にあった一通が紛失、し

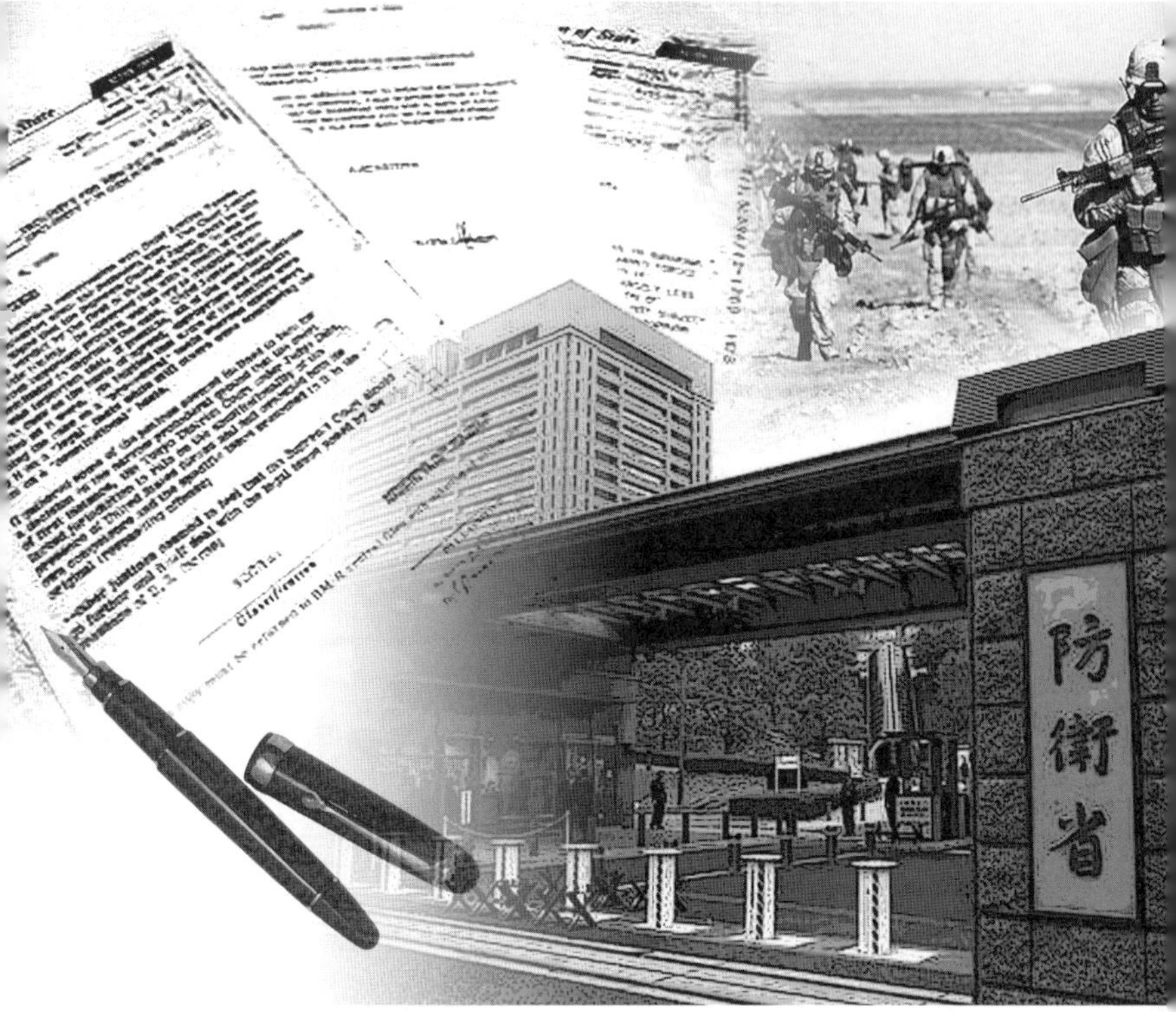
防衛省

かも、その時期がスクープの前々日の深夜だったことが判明した。

旧日々が盗んだ公電を元に記事を掲載した疑いが濃厚となり、警視庁が日々本社に家宅捜索に入ると通告してきた。狼狽した経営陣が緊急の社内調査を実施、記事を書いた政治部記者を犯人として差し出したのだ。

今から考えれば、なんとおおらかな時代だと思うかもしれないが、中央官庁でも夜は通用口で人の出入りはチェックしていたものの、各課の戸締りはいい加減だった。ドアのかぎをかけずに課員全員が帰宅してしまうこともしばしばあった。

庁内にある記者クラブに在籍している記者は身内と同じで、出入りはもちろん庁内を自由に歩き回ることができる。深夜に誰もいない課に入り込み、資料を拝借し、記事を書き、翌朝にこっそり返しておけば、取材せずにスクープすることも可能だった。

霞が関の官庁には、こんな牧歌的な雰囲気が昭和五十年代まで残っていたのである。

「僕たちが入社した頃はまだ役所の資料を盗む〝伝統〟があったかもしれませんが、支局勤務から本社経済部に上がってきた頃は残滓《ざんし》みたいな〝伝統〟があったくらいですね」

小山が答えた。村尾は合併時の昭和四十五年入社、日亜第一期生であるが、小山は昭和五十年入社で、旧日々時代の「防衛庁公電窃盗スクープ事件」のことなど、よく知らないのである。

「〝残滓みたいなの〟って何だ？」

大都の松野が突っ込むと、小山が応じた。

「それは〝ごみ箱漁り〟です。記者クラブのごみ箱、それも他紙のところのごみ箱に入っている書き損じの原稿用紙を漁るんです。大都さんのごみ箱も漁りましたよ」

「そんなことしていたのか。書き損じの原稿用紙を読んで、他紙がどんな記事を書いているのか探るんだな」

「そうです。それで抜かれているようなら、同じ中身の記事を突っ込むんです。これはキャップに何度もやらされましたね」

「村尾君、君のところは〝ごみ箱漁り〟の〝伝統〟まであるのか。いやしいよな。うちはそんなつまらない〝抜いた、抜かれた〟の競争はしないのが〝伝統〟だ」

今度は火の粉が村尾に飛んだ。

「記者クラブの〝ごみ箱漁り〟は過去の話です」

村尾は口元に皮肉っぽい笑みを浮かべながらも、松野に向かって遜《へりくだ》った調子で答えた。

「ずっと部数トップの大都さんには『他紙がいくら記事にしても、自分が書くまではニュースじゃない』という気風があるそうですけど、うちは恥も外聞もなく、スクープを追いかけて這い上がってきたんですから。でも、今は違います」

「どう違うんだ？」

「経済ニュースの七、八割はうちがスクープしています。もう〝ごみ箱漁り〟の〝伝統〟なんてないですよ。四半世紀前までの話です」

「村尾君は〝伝統〟で成果を上げたことはあるのかね。富島君に記事が全く書けない記者だったと聞いているけど……。うちの北川と同様にな」

「〝ごみ箱漁り〟はやりました。〝盗み〟はノーコメントです。そんなこと喋ったらまた〝S〟

が増えちゃう。でも、私の同世代の記者で資料を盗もうとして職員に捕まりそうになった奴がいました。今、どこにいるか、知りませんけど。やはり〝KY〟は大事です」

「変なところで、自分の作ったキャッチフレーズを売り込むんだな」

「いやそうじゃないんです。うちの小山は〝KY〟そのものなんです。業界紙に載った情報を少しだけ補強取材して大きな記事にでっちあげるのが得意なんですよ。そうだな」

「ええ、まあ……」

「そんな変なほめられ方されても、答えようがないよな。〝伝統〟の方はどうなんだ?」

「さっきも言いましたけど、〝ごみ箱漁り〟はやらされました。でも、〝盗み〟はやっていません。僕らが現役の時代は官庁の報告書があまりありがたがられなくなり始めていたんです。費用対効果を考えると〝盗み〟なんてばかばかしくてって感じでした」

「北川君、そうかい?」

松野は首をかしげながら、脇に座っている自分の部下をみた。

「そうですね。官庁の報告書を事前に入手しても、大きな記事にしてもらえなくなり出していました。そうなると、〝盗み〟なんかしなくても、相手が『大きく取り上げてくれ』と持ちこむようになっていました。僕なんか、それを請け負って、資料をもらってきて同僚に記事を書いてもらう。これが僕の〝KY〟ですかね」

北川の答えを聞いて、松野は頷いた。

「そうだったな。君は一年下の社長室長の平山久生君と二人で一人前、ということで、〝ベトちゃんドクちゃん〟と言われていたな。平山は取材力はからっきしだけど、こっちの言うことを適当にうまくまとめるのだけは得意だった」

〝ベトちゃんドクちゃん〟は昭和五十六年にベトナムで生まれた、下半身がつながった結合双生児の愛称である。ベトナム戦争時に米軍が大量に散布した枯葉剤の被害者の可能性があると指摘され、日本ではベトナム戦争被害のシンボルとなり、大規模な支援活動が起こった。五歳の時、ベトちゃんが急性脳症を発症した時は、東京の病院に緊急移送、手術が行われた。そして、六十三年十月にホーチミン市の病院で分離手術した際には日本が医師団を派遣、十七時間に及ぶ大手術を成功させた。

日本ではこうした情報が逐一報道され、国民の関心を集めた。そうなると、不謹慎といわれるかもしれないが、〝ベトちゃんドクちゃん〟という愛称が比喩として使われるようになるのは人間社会の常である。二人一緒でないと、一人前とは言えない記者を揶揄《やゆ》するのに使われたのである。

松野と北川のやり取りを聞いていた小山がクスクス笑った。

「何だ。小山君、松野先輩にまた怒られるぞ」

村尾が小山を窘《とが》めた。

「違うんです、社長。うちにも〝ベトちゃんドクちゃん〟関係の方がいると思いまして」

「誰のことか」

「挨拶のゴーストライターがいるって話を聞いたことがあったもんで……」

「貴様、俺のことか。お前だって似たり寄ったりじゃないか」

「僕はいろんな部下の作った挨拶をそのまま棒読みするだけです。特定の奴に頼んだりはしません。すべて部下任せですね。社長は特定の人に頼んでいるらしいじゃないですか」

文章の書けない村尾は、記者時代から政治部の一年先輩の常務論説委員長の青羽岳人におんぶにだっこの記者だったという噂が流布していた。

青羽は取材が面倒で大嫌いだった。記者クラブの席に座って新聞を読むか、一人でトランプ遊びをしていることが多かった。しかし、文章を書くのは苦にせず、後輩が取材してきたネタや、貰ってきた官庁文書をもっともらしい記事にまとめるのは長けていた。

村尾と青羽は官邸記者クラブで一緒になって以来の腐れ縁で、〝ベトちゃんドクちゃん〟と陰口をたたかれることはなかったが、二人で一人前であったことは間違いなかった。

青羽は特別顧問の富島が社長を引責辞任した時、勇退するはずだった。しかし、あっと驚く人事で、村尾が後継社長に決まると、村尾が富島を拝み倒し、常務論説委員長のまま残した。

かつて、大新聞の論説主幹とか論説委員長は国家の重大な岐路に際して、政治はもちろん、社会もその言説に注目する存在だった。しかし、今はほとんど目にも留めないのが現実だ。その能力のある人材が論説主幹とか論説委員長のポストに就くことがなく、せいぜい世論に棹差《さおさ》す論説が載るのが関の山だからだ。

その右代表ともいえるのが青羽である。青羽は村尾の一年先輩で、常識的には煙たいはずで、早晩、勇退するとみられていた。〝二つのS〟はともかく、〝三つのN〟〝KY〟に合致する人材ならいくらでもいる。それなのに、村尾は青羽を使い続けている。

社長には社員向けだけでなく、対外的にも挨拶しなければならない局面がしばしばある。しかし、村尾はその挨拶の下書きが書けない。もちろん、アドリブで挨拶する能力もない。青羽にお願いして書いてもらっているのだ。

青羽の方は、自分に社会の耳目を集めるような論説を書けないことは自覚している。それでも、論説委員長という居心地のいいポストに居続け、高給を食めるなら、それに越したことはない。二人の利害が一致、未だに〝二人で一人前〟の関係を続けている。

「どっちもどっちだな。人に下書きを作ってもらわなきゃ挨拶できないのは変わらない」

中身は全くないが、美辞麗句をちりばめた、もっともらしい挨拶や講演が得意の松野が嬉しそうに二人を冷やかし、続けた。

「まあ、はっきりしたのは小山君も村尾君やうちの北川同様に〝三つのN〟はクリアしている。〝二つのS〟の方はどうなんだ。これも村尾、北川と同じか」

松野はニヤッとして小山を見つめ、右手の小指を上げた。

「今日のメンバーは全員、不倫とか、女性問題はありますよ。それに……」

村尾が言い淀むと、松野が突っ込んだ。

「なんだ。セクハラ（S）、パワハラ（P）か」

「そうなんです。〝KY〟だけじゃなくて、〝SP〟も重要なキーワードです」

「〝SP〟の奴、これほど、上の者にとっては好都合な連中はいないんだ。上には絶対服従だ。彼らを枢要ポストで使えば、権力者にとってこれほどやりやすいことはない」

〝SP〟と聞いて、松野がわが意を得たり、とばかりにまくしたてた。そして、この発言に気を良くした村尾が引き継いだ。

「それに〝ゲシュタポ〟ですね」

「そうだ。〝ゲシュタポ〟みたいな奴を使って〝SP〟や〝二つのS〟を問題にしそうな奴を監視する、これで我々は安泰なんだ」

「先輩、確かにここまで強固な秘密の共同体を築くのを可能にしたのはインサイダー事件がきっかけでしたね」

「俺たちが生き残ったから、〝二つのS〟や〝SP〟を大目に見てやりやすくなった」

〝優秀な記者〟はいらない！〝本音トーク〟絶好調

堕落した大企業のトップですら絶対に口しない、まさしく〝本音トーク〟を繰り広げる、松野と村尾の会話に耳を傾けていた大都編集局長の北川が割って入った。

「そうですよ。あのインサイダー事件でお二人が生き残ったことは僕らにとっても大きいです。一度、聞こうと思っていたんですけど、どうして辞めずに済んだんですか」

「そりゃ、村尾君の場合は発覚した時期がよかった」

日亜のインサイダー事件が表沙汰になったのは二年十カ月前である。村尾が社長に昇格して二カ月後のことだった。

インサイダー取引をしたのは広告局の次長クラスの社員で、使った内部情報は法定広告の株式分割情報だった。日亜は旧亜細亜以来の伝統で、法定広告では七割のシェアを持ち、ダントツのトップだった。合併で日亜になっても、部数三位で広告料が安いうえ、経済情報を売りにしていたので、大都や国民にシェアを奪われることはなかった。

その次長がインサイダー取引で得た利益が約二千万円という巨額だったうえ、法人の責任も問う両罰規定の適用の可能性もあった。しかし、引責辞任した前社長の富島が政治部、経済部の記者を総動員して政官界へ「逮捕、家宅捜索だけはご勘弁を」と働きかけを続けたこともあり、発覚から二カ月後に次長が在宅起訴されただけで済んだ。

インターネットの急速な普及で、法定広告は新聞への掲載義務が大幅に緩和され、日亜の法定広告売り上げが急減し始めた時の事件だった。事件を機に減少が加速、日亜の広告売り上げ全体の落ち込みの大きな要因になった。

しかし、インサイダー取引自体が前社長の富島時代に行われていたこともあり、広告担当常務に詰め腹を切らせることで乗り切り、社長就任早々だった村尾は役員報酬を六カ月間二割返上しただけで、引責辞任を免れた。

日亜のインサイダー事件が一件落着して、一カ月も経たないうち、大都でもインサイダー事件が発覚した。大都の事件は、広告局でなく、編集局が舞台だった。広告情報でなく、記事情報が利用されたのだ。被疑者は整理部記者二人だった。ただ、インサイダー情報による利益は二人合わせても五十万円に過ぎず、課徴金納付命令で済んだ。

得た利益は少なかったものの、記事情報を元にしたインサイダー取引だったので、週刊誌も日亜事件と同様に大きく取り上げた。しかし、事件発覚直後に米国のバブルが破裂、リーマン・ショックが起き、世界経済が大混乱に陥ったのが幸いした。

事件発覚から一カ月後に金融庁が課徴金命令を出した時は、マスコミはリーマン・ショックを引き金にした世界恐慌が来る、と大騒ぎの真っ只中で、大都のインサイダー事件も過去の話になっていた。これ幸いと、松野は日亜同様に役員報酬の返上だけで責任をほっかむりして、編集局長と整理部長を更迭、当事者の二人の整理部記者を懲戒解雇して、一件落着となってしまった。

「先輩の場合は、リーマン・ショックも〝追い風〟になりましたね」

村尾が補足した。すると、松野が持ち上げた。

「いや、俺の場合は、村尾君が頑張って居座ってくれたことが大きい。村尾君には足を向けて寝られないぜ」

こう言って破顔した松野は、焼酎のお湯割りのグラスをぐいと飲んで、続けた。

「半分冗談、半分本音だけど、助かった背景には日亜もうちも、社員向けにインサイダー取引をしてはいけない、という研修をちゃんとやっていたことがあるね」

「そうなんですよ。やって当たり前なんだけど、とにかく日本では体裁が大事なんです。〝SP〟の問題も防止の研修をやっていれば大丈夫なんです」

「社会的な騒ぎにならなければ、軽い処分でお茶を濁し、ほとぼりが冷めるのを待てば、また重用できるからな」

「本当にそうですね」

村尾が頷くと、松野が冷やかした。

「騒ぎにしないためには〝不満分子〟を出来る限り摘み取らなければならん。だから、〝ゲシュタポ〟を使って目を光らせる。それが大事なんだが、村尾君のところには凄い奴を据えているらしいじゃないか。一見するとやくざみたいらしい」

「それはお互い様です。確かに〝ゲシュタポ〟は大事ですけど、いわゆる〝優秀な記者〟に自主的に辞めてもらうこともやった方がいいですよ」

「日亜の割増退職金制度のことか」

「それです。うちは僕が社長になって割増退職金制度を導入したので、この二年で五十歳代の〝うるさ型〟記者は大体辞めてくれましたよ」

「でもな、ジャーナリズムという〝張り子の虎〟を守るにはいわゆる〝優秀な記者〟が少しはいた方がいい面もあるぞ」

「今でもそうですけど、部数トップの大都さんは政治ダネはもちろん経済ダネも相手が持ち込むか、リークするでしょ。うちは経済ダネは大都さん以上にリークがあります。合併で部数が断トツになれば、さらにリーク先としての地位は盤石になります。〝優秀な記者〟などいらないんです。かえって邪魔にしかなりません」

「それはそうだろうが、大都は論説をそうしている。君みたいに記事の書けなかった〝ＫＹ〟なだけの奴を主幹に据えている。論説を骨抜きにしておくことも大事じゃないか」

「わかっていますよ。だから、うちは委員長に僕と二人で一人前だった青羽を置いているんです。彼は原稿は書けますけど、主義主張はありません」

「そうか。君のところの方が進んでいるか。うちも合併前に割増退職金制度を作って、うるさ型に辞めてもらうように仕向けるか……」


〝本音トーク〟はまだまだ続きそうな気配だったが、松野が焼酎のお湯割りのグラスに手を伸ばした。少し会話が途切れたところで、北川が心配そうな面持ちで聞いた。

「社長。そんなに本音を喋っちゃっていいんですか。僭越《せんえつ》ですけど、以心伝心、言わぬが花、という気もしますが……」

「北川君、心配するな。村尾君にしても、小山君にしても、俺たちと〝同じ穴の狢《むじな》〟さ。それに日亜さんとは合併するんだし、腹を割って話した方がいいんだ。なあ、そうだよな」

松野が対面の日亜の二人に同意を求めた。

「まあ、そうですね。北川君、ある意味で、我々は〝秘密の共同体〟だから……」

村尾は松野に同調したが、小山は違った反応をした。

「社長。確かに、我々は安心です。でも、盗聴でもされていたら困りますよ。週刊誌か何かで今の〝本音トーク〟が暴露されたら大変です」

松野が大笑いして遮《さえぎ》った。

「小山君、それは杞憂《きゆう》だ。この『美松』を使うのは俺ぐらいしかいないんだ。今日だって、ほかの客は一組も入っていない。盗み聞きされる心配もない。俺と村尾君がここで頻繁に意見交換していることを知っている奴もいない。現に、君たちも今日まで知らなかったじゃないか」

「杞憂……。確かにそうかもしれません」

小山が引き下がると、松野が続けた。

「それにだな。仮に暴露されても、事実無根と抗議して訴えればいい。盗聴テープがあっても証拠としては使えない。盗み聞きされても、そんな話はしていないって、突っぱねればいい。四人が口裏を合わせれば、相手は立証できない。裁判所は我々の味方なんだ」

「社長、そこまで考えているんですか。すごい」

ジャーナリズム精神に逆行する松野の発言に対し、今度は北川が提灯《ちょうちん》を持った。単細胞な松野が満面に笑みをたたえ、頷いた。

「君たちもわかるだろ。仮に本当のことでも立証できなければ記事にしない方がいいんだ。リークに頼っていればその心配はない。〝優秀な記者〟はいらない、という村尾君の意見は正しい。うちは大所帯だから完全に切るところまでやっていないだけだ」

松野はこう言うと、腕時計をみた。

「もう午後九時を過ぎているじゃないか。そろそろ、今日はおしまいにしよう。次回は一週間後、時間は後で連絡するよ。小山君、ちょっと女将を呼んでくれ」

小山が立ち上がって、声をかけた。しばらくして、老女将が部屋に入ってきた。

「もう鍋はお済みですか」

「ふむ。ちょっとな、野暮用で俺は出ないといけない。でも、雑炊はできるんだよな」

「ええ、できますよ」

「俺は食わずに出るが、どうする？」

「雑炊を頂いて帰ることにしましょう」

村尾が代表して答えた。

「じゃあ、用意してくれ」

松野は立ち上がった。老女将が「お足は？」と聞くと、「いらない。大通りに出てタクシーを止める」と言って、唐紙を開けた。すると、小山が後ろから声をかけた。

「松野社長はカラオケがプロ並みだという噂ですけど、一度、聞かせてください」

「すべてうまくいって四人で打ち上げする時な。たっぷり聴かせるぞ」

ニンマリした松野が振り向いてこう言い放つと、そそくさと部屋を出て行った。

第三章　大新聞の首魁は〝女誑《たら》し〟

——夜ごと繰り広げられる放蕩の日々

恐妻家の不倫は用意周到!?

「美松」を出た大都社長の松野は水天宮通りに出ると、タクシーを止めた。

「銀座の日航ホテル前までやってくれ」

運転手は黙って車を発車させ、箱崎ジャンクションのところで、右折した。気分が高揚していた松野は高山巌の「心凍らせて」らしき演歌をハミングし始めたが、小網町の交差点まで走り、信号待ちをしている時だ。

「運転手さん、ちょっと戻ってくれないか」

後部座席の松野がハミングをやめ、声をかけた。

「え、戻るんですか」

「すまん。忘れ物をしてしまってな。ホテルに戻りたいんだ」

「遠回りになりますけど、いいですね」

「いいよ。本当に済まんな」

運転手は茅場町経由でホテルの正面玄関に付け、ドアを開けた。

「悪かったね。お釣りはいらないから、と取っといてくれ」

メーターは千七十円だった。松野は千円札を二枚出し、運転席に置いて降りようとした。

「すぐに銀座に行くなら待ちましょうか」

「いや、いい。銀座より遠くに行く客が乗るかもしれないじゃないか」

松野は笑いながら答えた。端《はな》から、銀座などに行く気はなかった。それなら、ホテルに歩いて戻ればいいが、そうしないところが用意周到なのである。見送りに出た老女将が自分が通りに出るまで見送ったら、と思った。その時に自分がタクシーに乗るところをみせ、残してきた日亜社長の村尾たちにあらぬ疑いを掛けられないように配慮したのだ。

松野はアバウトな性格だが、こと女性問題だけは手ぬかりない気配りをする男だった。相談役の烏山の轍を踏みたくないという気持ちがあったのは間違いない。一度も女性にもてた経験のない烏山は向島の年増芸者、秀香と愛人関係になると、有頂天になり、周りの目を気にすることもなく、のめり込んだ。その結果、私生活で烏山は妻はもちろん、二人の娘からも総スカンとなった。自宅に帰っても朝食も夕食を用意されていない。バー秀香に立ち寄らない日は一人でデパートの食堂で夕食を摂ることが多かった。

そんなみじめな老後が脳裏によぎったことは確かだが、それよりもっと大きな理由があった。それは松野が恐妻家だったからだ。松野夫婦には子供がなく、もし、不倫がばれでもしたら、即座に離縁状を突きつけられるのが必至だった。だから、松野は妻にはバーやクラブ、つまり水商売の女性との関係は開けっ広げにし、カモフラージュに余念がなかった。そして、これまで、その戦略に綻《ほころ》びが出たことはなく、松野は自信満々だった。

タクシーを降りた松野はドアボーイに手を上げ、ホテルに入った。

定宿している二一〇七号室は「リバーサイドスイート」という部屋だ。九〇平米の広さで、書斎兼リビングルームと寝室・バスルームが完全に仕切られ、部屋に客を入れ、懇談や打ち合わせもできる造りになっている。

正面の窓と左手の窓の下にソファー、ガラス製のセンターテーブルがある。ソファーは三人がゆったり座れる長さがあり、左手の窓側には一人用のボックス席もある。右手の寝室との境の壁にはミニバーと冷蔵庫があり、その手前が寝室に入るドアである。ドアを挟んで手前の壁には大型の液晶テレビがセットされている。中央には二人用の木製の食事テーブル、その脇には寝ころんでテレビを見られる寝椅子が置かれている。そして、左側の窓を背にして執務用のデスクと左手の廊下側の壁にクローゼットがある。

寝室のベッドルームは窓側で、ツインベッドと、リビングとの境の壁にテレビが掛かっている。ベッドに寝ころんで外の眺望やテレビを楽しめるのだ。そして、廊下側には二人で入るのに十分な広さのバスルーム、大きな鏡のついた洗面所、トイレがあった。そこはまさに二人だけの〝密室〟だった。

松野は部屋の明かりを灯した。正面の窓に林立するビルの間に見え隠れする隅田川に跳ね返る光が煌《きら》めいた。しかし、彼の眼底にそんな夜景が画像を結ぶことはなく、飛びつくように執務用デスクの受話器を取った。

「大都新聞の松野だが、今、部屋に戻った。すぐに夕方頼んだシャンパン、オードブル、サンドイッチを持ってきてくれ」

「かしこまりました」

「どれくらいで持ってくる?」

「はい、十分以内にお持ちできると思います」

ルームサービスへの電話を切ると、背広の胸ポケットから携帯電話を取り出した。

「香也ちゃん、部屋に着いた。十五分後にきてね。いつもの二一〇七号室。弥介」

花井香也子の携帯にメールを送ったのは午後九時四十分だった。

松野はハミングしながら執務デスクに置いたブルガリのビジネスバッグを開けた。ラルフローレンのオードトワレ「ポロ・ブラック」を取り出した。ネクタイを外し、背広の上着を脱ぎ、入口の手前にあるクローゼットのハンガーに掛け、中央の寝椅子に座った。ズボンのベルトを緩め、ワイシャツをたくしあげ、首の周りから下腹にかけて「ポロ・ブラック」を付けた。そして、テレビをつけ、チャンネルをいくつか回したが、いずれも番組の途中でスイッチを切り、たくし上げたワイシャツを元に戻し、ベルトを締め直した。

その時、ドアをノックする音がした。ボーイがワゴンを押して部屋に入ってきた。

「どちらにお持ちしましょうか」

「奥のソファーの前のテーブルに置いてくれ」

ボーイはガラスのテーブルの中央にサンドイッチの皿を据え、その両脇にメロンに生ハムを乗せたオードブルの皿と、ワインクーラーに入ったシャンパンのボトルを置いた。

「シャンパングラスはおいくつセットしましょうか」

リビングの中央の寝椅子に腰掛けて見守っていた松野の方を振り向き、ボーイが尋ねた。

「そうだな。三つ用意してくれるか」

ボーイは黙ってソファーの前にシャンパングラス、それにナイフとフォークを包んだ紙ナプキンを三つずつ並べた。

「シャンパンは最高級のものを、って頼んだが、銘柄はなんだね」

「ドン・ペリニヨンでございます」

「〝ドンペリ〟のことか」

「さようでございます」

「そうか。それはよかった」

松野は背広などの衣類や腕時計など身の回りの品はブランド品で固めていたが、飲み物にはこだわりがなかった。当然、ワインの銘柄にも不案内だった。でも、最高級のシャンパン〝ドンペリ〟が有名なことは知っていたし、なによりも忘れられない思い出があった。

注文の品をテーブルにセットし終えたボーイはワゴンを押して入口まで戻り
「追加の注文があれば、お電話ください。二十四時間サービスです。では失礼します」

と、ステレオタイプな挨拶をし、部屋を出た。

松野は寝椅子から立ち上がった。高揚する気分を沈めるように深呼吸し、窓際のソファーのところに行き、テーブルのワインクーラーから〝ドンペリ〟のボトルを取り上げた。そして、しげしげと見つめたボトルをワインクーラーに戻し、ソファーに身を沈めた。

「もう十年か。香也ちゃん、喜ぶぞ」

松野はそう独り言《ご》つと、思い出にふけるような風情で目を瞑《つむ》った。すると、執務用デスクの上に置いた携帯電話が鳴った。はっと我に返り、松野は立ち上がった。

香也子からだった。普段はメールでやりとりするが、ホテルの部屋で密会する時はメールでなく、直接、電話で話すことにしていた。二一階でエレベーターを降り、香也子の方から松野に電話、松野がドアスコープからみて、彼女の姿がみえると、ドアを開けるのだ。

この日もいつもと同じだった。

「わかったよ。香也ちゃん」

松野は電話を切ると、ドアスコープを覗き、すぐにドアを開けた。

「早く閉めて」

香也子が慌てた様子で、部屋に入り、ハンドバッグを胸に抱えるようにしてリビングの中央まで小走りに駆けこんだ。ドアを閉めた松野が後を追うように声をかけた。

「どうしたの？」

「何か変なの、今日は。いつもと違う感じなの」

「変って、何が？」

「パパ、何かね、今日は見張られているような感じなの」

「取越苦労じゃないのかい？　香也ちゃんとのこと、知っている奴なんていないよ」

「それは間違いよ。大都社内では皆なんとなく疑っているの。気づいていなかったの？」

「確かにね、以前に怪文書がばらまかれたことがあるけど、僕が社長になる前だよ。その後は何もないでしょ。香也ちゃん、そんなに神経質になることないさ」

〝魚転がし事件〟で不倫を暴く怪文書乱舞

怪文書がばらまかれたのは〝魚転がし事件〟で大都社内が疑心暗鬼になっていた七年前だ。社長だった鳥山と向島芸者、秀香との愛人問題を暴く怪文書が乱れ飛んでいた。その中に、松野の社内不倫を暴くものもあった。

松野を巡る怪文書は後継社長に松野の同期の副社長、谷卓男（現大都テレビ社長）を据えたい鳥山が側近を使って流させたとみられていた。だが、怪文書には松野の不倫相手はマーケット取材をしている女性記者と書かれていて、香也子と別人が噂にのぼった。

新聞業界では平成になる頃から女性記者が増え始めたが、当初は帰国子女の情実入社がほとんどだった。大都も同様で、噂に上ったのは香也子と同い年、昭和四十一年（一九六六年）生まれの洞口彩子だ。

編集局次長だった松野の紹介で一九九一年（平成三年）に入社した。松野がロンドン特派員だった時、大手証券の駐在員だった、彩子の父親に世話になったのが縁だった。英語のできない松野の代わりに記事を書いたりしてくれた恩人だった。

彩子はロンドン大学卒で、最初は国際部で、欧州担当の内勤記者だったが、途中から経済部に異動になった。当時は為替マーケット担当の記者で、清楚な美人として有名だった。

「怪文書で僕の不倫相手として噂になったのは君じゃないよ。洞口君だったじゃないの」

松野は香也子の肩に腕をまわして宥《なだ》めようとした。

「そんなことわかっているわよ。でも、私、十年以上社長室にいて、海外出張にもよく同行しているじゃないの。それで、今、噂になっているわ。パパは鈍すぎるのよ」

香也子が入社したのは彩子より一年早い九〇年（平成二年）で、仲介したのは専務の太井保博だった。松野の五年下の昭和四十四年（一九六九年）入社で、昭和二十一年生まれ、年齢も五歳年下だった。出身は松野の経済部に対し政治部だ。

太井が政治担当のワシントン特派員だった時、ジョージタウン大学の学生だった香也子がワシントン支局でアルバイトをしていたのが縁だった。根暗でもてないのに、太井は無類の女好きだった。当然、下心があって、香也子を大都に入社させた。しかし、香也子は経済部の配属になり、マーケット担当となった。政治部次長、政治部長と本流を歩んだ太井と畑違いとなったこともあり、二人の関係は疎遠になってしまった。

平成になってしばらくは女性記者が少なく、取材相手からはちやほやされた時代だった。香也子は彩子ほどの美人ではなかったが、彩子同様にモテモテだった。いつしか、妻子持ち大手銀行の為替ディーラーと深い仲になり、その〝略奪愛〟が週刊誌にすっぱ抜かれた。入社六年目のことだった。そうなると、記者として使うわけにはいかず、美術展などのイベントを手掛ける国際事業本部に配置換えにした。この時、担当常務だった松野との接点が生まれたのだが、香也子の〝略奪愛〟は三年で破局を迎えた。破局が表沙汰になることはなかったが、松野が傷心の香也子に救いの手を差し伸べた。「心機一転」という名目で、国際事業本部から社長室に配置換えしたのだ。

当時の松野は自他共に認める次期社長の本命だった。もちろん、社長室への配置換えには下心がないわけではなかった。身長一五五チセン前後の彩子は小柄な和風美人という趣だったが、一六〇チセン前後の香也子は眉が濃く、きつい感じがするものの、すらりとした体形が魅力だった。一方で、恐妻家の松野には常に躊躇《ためら》いがある。女性には太井のように猪突猛進することはなく、それが女性たちに安心感を与えた。

そんな状況で、二人が海外に出張し、同じホテルに泊まり、酒の酔いも手伝えば、二回り以上の歳の差があっても、深い仲になるのは自然の成り行きだったのかもしれない。しかし、社内には「恐妻家が女性問題を起こすはずがない」という先入観があった。しかも、松野自身もこと女性問題に限っては細心だった。若手社員の間で噂になっていたものの、普段接している幹部社員の間で香也子との関係が取り沙汰されることはあまりなかった。

「大丈夫、香也ちゃん。僕だって社長だから、そんな噂があれば、もう週刊誌か何かの取材を受けているはずさ。それはないんだ。とにかく、心配しなくていい。今日は特別な日なんだよ。早くコートを脱いで向こうに行こう」

松野は肩を抱いていた香也子をくるりと回転させ、手に持っていた少し大きめのハンドバッグを受け取った。そして、黒のバーバリのトレンチコートのベルトの結びを解き、コートを脱がせた。受け取ったハンドバッグはベージュ色のブルガリで、松野が自分のビジネスバッグと一緒に買ってプレゼントしたものだった。自分のバッグに並べて執務用デスクに置くと、コートはクローゼットのハンガーに掛けた。

香也子はダークブラウンのカシミヤのセーター、そして、下はベージュのスラックスに、黒のロングブーツという装いだった。首にエルメスのスカーフを巻き、セーターはVネックで純白の絹のブラウスがのぞいていた。

「パパは私たちの世代の社員とはほとんど付き合いないでしょ。だから、そんな呑気なこと言っていられるの」

香也子は首に巻いたスカーフ、そして、首の後ろで束ねていた髪を解きながら、クローゼットから戻ってくる松野に向かって口を尖がらせた。

「今日は特別な日だから、君の好きな〝ドンペリ〟を用意して待っていたんだよ」

松野は淡いオードトワレの香を漂わせ、香也子の背中に手をまわし、促した。

「特別な日？　それで〝ドンペリ〟が飲めるの？」

少し機嫌を直した香也子は怪訝そうな声を出したが、松野にもたれるようにした。

松野はルームサービスに注文したのが〝最高級のシャンパン〟が〝ドンペリ〟だった偶然に感謝し、内心ほくそ笑んだ。窓際のソファーまで抱きかかえるようにして、松野は香也子を連れて行き、ソファーに腰掛けさせ、自分もその隣に腰を下ろした。そして、黒髪をなでるように梳《す》き始めた。

「香也ちゃんは忘れちゃったの。パリのホテルで〝ドンペリ〟、飲み過ぎて酔っ払っちゃったじゃない？　それで……」

二人が一線を越えたのはちょうど十年前の今日、場所はパリの最高級ホテルだった。松野は香也子の髪を梳くのをやめ、肩に回した。そして、腕を引き寄せ、唇を求めた。

「ちょっと、待って。よく覚えていないの。でも、十年前のちょうど今日だったのね」

「そうだよ。だから、今日も〝ドンペリ〟を用意して、待っていたんだ」

「そうね。〝ドンペリ〟を飲んだのはあの時が初めてだったわ。それは覚えている……」

香也子はソファーの前のガラス製のセンターテーブルの方に身を乗り出し、ワインクーラーの入った〝ドンペリ〟を取り上げ、しげしげと見つめ、考え込むような素振りをした。ボトルを戻すと、再びソファーに身を沈めた。そして、松野に枝垂《しだ》れかかった。

「あの時、パパは『嫌だ、嫌だ』とぼやいてばかりいたわね」

香也子は上目遣いに呟いた。松野は何も言わずに香也子に軽く接吻した。

十年前の大都では、社長の烏山が権力を欲しい儘《まま》にして有頂天の時だった。傍目《はため》を気にすることもなく、秀香に入れ挙げ、「バー秀香」に入り浸り傍若無人に振舞っていた。海外出張には秀香も連れ回し、ブランド品を買い漁った。田舎者の烏山はバイアグラや男宝《ナンパオ》などの精力剤には執着したが、松野と違ってブランド品などに全く興味がなかった。買い漁ったのは秀香で間違いなかった。それは転売目的と見まがうほどで、成田空港の税関で留め置かれたこともあった。

それでも、大都は部数トップの日本を代表する新聞社である。いかに、その社長が栃木県の農家出身の田舎者でも、海外に出れば、大使以下、出先の日本大使館では秀香も含め「下にも置かない」扱いになる。成田税関も同様で、烏山が名刺を差し出せば、フリーパスだ。秀香が日本に持ち込んだブランド品をどうしたのか、今となっては知る由もない。

外交官には生まれも育ちもいいエリートが多い。政治家たちが夏休みに連れてくる農協の幹部たちに慣れていたとはいえ、烏山の傍若無人な行動にあからさまに眉をひそめる大使もいた。しかし、単細胞な烏山が外交官たちの韜晦《とうかい》な行動に気付くはずもなかった。影響力があると思い込み、ノー天気に「〇〇大使とは親しい」と吹聴する始末だった。

烏山に負けず劣らずノー天気だったとはいえ、松野には多少のデリカシーはあった。だから、松野は烏山の海外出張に同行するのは極力避けるようにしていたが、十年前のパリ出張は同行せざるを得なかった。翌年が大都の前身の「東都新聞」の創刊から百三十年の節目の年で、記念事業の目玉として「大ルーブル展」の開催を計画、その調印式がパリであったのである。松野は専務として全責任を負わされていた。

出張は三泊五日の日程だった。成田空港を昼前に飛び立つと、現地時間で同じ日の夕刻にパリに着く。初日は内々の打ち合わせ会を名目にパリ支局長らを交え市内の高級和食レストランでテーブルを囲む。翌日はルーブル美術館で展示予定の絵画を鑑賞したあと、調印式に臨む。夜はホテルのレセプションルームで、招致に尽力してくれたフランス文化省、ルーブル美術館関係者を招き、大都主催の晩さん会を催す。三日目は調印式の打ち上げと称して、ホテル内の高級レストランで身内だけの懇親会を開く。そして、最終日の四日目の午後八時頃にシャルル・ド・ゴール空港を離陸、成田には翌日の午後三時頃に着く。

それが出張日程の概要だったが、公式行事以外は秀香がべったりついて回り、烏山の妻のごとく振る舞うのが目に見えていた。しかし、記念事業の責任者である以上、出張期間中は松野が烏山と別行動を取ることは許されなかった。

展覧会招致はブランド品、精力剤買い漁りが目的

大手新聞はどこも、新聞事業の傍らで、美術展やオペラの日本公演などの音楽会の開催を主催する文化事業に力を入れている。新聞本体のブランドイメージを高めるのに役立つうえ、そのチケットが新聞の拡販にも利用できるからだ。

美術展や音楽会を開催すると、皇室関係の来賓も訪れる。主催新聞社長が美術展なら美術館長とともに来賓を案内し、音楽会なら劇場理事長とともに貴賓席で鑑賞する。スノッブ的な欲望だけでなく、皇室関係者と近づきになるという、野次馬根性も満足させられる。部数トップの地位は、その中身に関係なく、国内はもちろん、海外でも通用する。特に、新聞社が行う文化事業ではそのブランドがモノを言う。日本人の間で最も人気のある美術館の一つ、ルーブル美術館を招致するとなればなおさらなのである。

トップが烏山や松野のように、教養とか文化から最もかけ離れた存在であっても、関係

ない。大手新聞にはどこでも文化部というセクションがあり、美術や音楽を専門とする記者がいる。彼らが招致のための下交渉をするからだ。トップの仕事は、招致が決まった時や展覧会開催時の儀式に出席することだけで、スノッブ的な欲望や野次馬根性も満足させられる〝おいしい〟仕事だった。特に、烏山は招致に熱心だった。

集客力の大きい美術館やオーケストラ、歌劇場はパリ、ロンドン、ミラノ、ローマといったヨーロッパの主要都市にある。その絵画や公演を日本に持ってくる以上、主催者を代表して契約に調印するため、そのトップが現地を訪れる。

多少なりとも文化や教養の香りのする者が社長なら、展示予定の絵画を一点一点みたりする。だが、烏山には絵画など〝猫に小判〟である。儀礼上相手に失礼にならない程度で鑑賞は早々に切り上げ、秀香と一緒にブランド品の買い漁りに駆けずり回るのが常だった。

滞在中は連日、夜毎現地の最高級レストランで現地スタッフを含め同行者全員にディナーを振る舞う。もちろん、烏山は秀香同伴だ。そして、ハウスワインがお似合いの連中がほとんどなのに、何のためらいもなく最高級のワインボトルの栓を抜くのだった。

ブランド品の代金を含め、その費用はすべて大都の経費なので、烏山の懐が痛むようなことはない。しかし、ご相伴に預かる連中の多くは烏山に御馳走になったと錯覚してしまい、恩義に感じる。それが烏山の人心掌握術でもあった。

「大ルーブル展」が周年記念事業の目玉だったこともあって、烏山の力の入れようは尋常でなかった。調印式にも側近たちを引き連れて、パリに乗り込む勢いだった。当時はまだバブル崩壊の最終局面に勃発した金融危機の収束が見えない状況だった。そんな中、最大手新聞社長が側近を引き連れパリで遊蕩三昧を繰り広げれば、週刊誌ダネになりかねない。烏山の側近中の側近、専務の谷が「金融危機のさなかに大新聞トップが派手に振る舞うのはまずい」と進言、暴走を押し止めた。それが結果としてライバルの松野と香也子が深い仲になるきっかけをつくったのだ。

「でも、展覧会自体は大成功だったわね」

松野が唇から顔を離すと、香也子はソファーに頭を戻し、目を瞑《つむ》った。

九年前の「大ルーブル展」は春から秋にかけ東京の国立西洋美術館と京都国立近代美術館で開催した。百五十万人以上を集客し、百三十年の記念事業として成功裏に終わった。

烏山も大満足だった。記念事業を任されていた松野もほっと一息といったところだった。

政治部出身の烏山に対し、松野は経済部出身で、政治部出身者と経済部出身者が交互に社長に就く大都の慣行から後任に本命視されていたが、ワンマン体制を確立した烏山の不興を買えば、どうなるかわからないところがあった。松野も社長に就くと、烏山に劣らず絵画展や歌劇の日本公演の主催に熱心になったが、常務時代までは無関心だった。それでも、担当専務になると、気が進まないとも言っていられなくなったのだ。

連日、秀香が営む「バー秀香」に側近たちを引き連れて繰り出していたことからわかるように、単純な烏山は部下の忠誠心を自分と一緒に行動するかどうかで、見極める。松野は烏山が「バー秀香」に繰り出すときも、同期の谷のように〝皆勤賞〟とはいえず、薄々「烏山に疎まれているのではないか」と感じ始めていた。それに、烏山の大好きな海外出張にもあまり同行しないとなれば、不興を買うのは間違いなかった。

「大ルーブル展」の調印式は開催の一年前、今から十年前の二月下旬だった。谷の進言で、烏山に同行したのは責任者の松野と、通訳を務める社長室職員の香也子だけだった。出張が決まった時、松野は「調印式に同行しなければならないなら、『大ルーブル展』を共同担当する文化事業局長と国際事業局長も同行させ、烏山の面倒をみさせたい」と思っていた。「谷の奴、余計なことをしやがる」と、内心舌打ちする気持ちだったが、それが松野の〝長年の夢〟を実現する結果になろうとは想像だにしない出来事だった。

しばらく天井を見上げ、記憶の糸を辿っていた松野が口を開いた。

「ルーブル美術館は日本人が大好きだからね。成功するのは分かっていた。あの頃は、できれば調印式に行きたくなかったんだよ。でも、今は行ってよかったと思っている」

香也子は瞑っていた目を見開き、いたずらっぽく笑った。

「どうして？」

「そんなこと、決まっているじゃないか」

「どう決まっているの？」

「言わなくたって、わかるでしょ」

松野は抱き寄せた香也子にまたキスしようとした。今度は拒まなかったが、セーターの下から胸に手を入れようとすると、松野の手を押さえた。

「ねえ、パパ。どう決まっているの？　答えてよ」

「どうしても言わせたいの。しょうがないな。君と一緒だったからよ」

「でも、何で調印式に私を連れていったの？」

「そりゃ、君が社長室の職員で英語ができるからさ」

「英語ができるのが理由なら洞口さんがいるじゃないの。噂にもなったでしょ」

「香也ちゃん、何を言うの。僕は洞口君の親父さんに世話になっているんだよ。そんなこと、できるわけないでしょ。それは知っているじゃないの」

「そんなにむきにならないで。でも、英語ができるのが理由というなら、私である必要ないじゃないの、という意味よ。パパは最初から下心があったんでしょ」

香也子はくすくす笑った。

「違う、違う。君を入社させた太井君とは違うよ」

松野は少し身仕舞いを正し、続けた。

「僕は恐妻家だよ。純粋に、傷心気味の香也ちゃんにパリの高級ホテルを満喫してもらって慰めようと思っただけなんだ」

「『ホテル・リッツ』、すごくいいホテルだったわね。それに、レストランも……」

リッツのレストラン『レスパドン』はミシュラン星付きだ。平成九年（一九九七年）八月三十一日に恋人の大富豪のドディ・アルファイドとともにパパラッチに追跡されパリ市内のトンネル内で交通事故死したダイアナ妃が最後の食事をしたレストランとして有名だ。

香也子は松野の肩に頭を寄せ、思い出にふけるように続けた。

「瓢箪から駒、ということ？」

「そうだよ。香也ちゃん、プライベートでいろいろあったでしょ。国際事業本部から社長室に配置換えしたのも僕だ。君の気分転換になると思ってね」

「でも、社長室の私を出張に連れて行くの、変じゃない？」

「そんなことない。だって、国際事業本部の時、『大ルーブル展』の担当だったでしょ」

大都では「大ルーブル展」は開催の四年前から計画し、準備に入っていた。最初は国際事本部で香也子が担当させられていた。

「あの時、私、社長室に異動になって一年経っていたわ」

「でも、国際事業本部の後任より、語学は香也ちゃんの方がずっとうまい。話は全部ついていて調印だけだったから、通訳なら君で全然問題なかったの」

「本当に下心はなかったと信じていいのね」

「あんなことになるなんて、夢にも思わなかったけど、金鉱を当てたというか、何というか……。香也ちゃん、わかるでしょ」

松野は困り果てたような顔をしてまた香也子を抱き寄せようとした。

社長の愛人はドンペリ飲み放題

香也子は身を任せ、唇を求め合った。しばらくして松野が抱きしめていた腕を緩めた。

「そろそろ、〝ドンペリ〟を開けて、祝杯しようよ」

松野の肩に頭を埋めたままの香也子が頷いた。松野は背中に手を回し、香也子をソファーに座り直させた。

「ポン」

コルク栓を抜くと、炭酸の飛ぶ、気持ちのいい音が室内に響いた。ボトルの中のシャンパンからは細かな泡とともに、シュワという音が立ち上った。松野はシャンパングラスを取り、自分の前に置き、香也子の方を向いた。

「香也ちゃん、グラスを取って。乾杯しよう」

香也子がテーブルのグラスを取った。

シュワ、シュワと、グラスの中で無数の泡が湧き上った。香也子はじっとそれを見つめていたが、白い泡が鎮まると、グラスをテーブルに置いた。

「パパもグラスを取って」

香也子は松野のグラスに〝ドンペリ〟を注いだ。二人はグラスを取り、軽く当てた。

「乾杯」

二人とも一気に飲み干した。

「香也ちゃん、生ハムのオードブルとサンドイッチもあるから、少し、つまんだら」

「今日は夕方、外でハンバーガーを食べたあと、社長室に居残って残業していたの。時間を見計らってきたでしょ。ゆっくり頂くわ。でも、その前に、もう少し飲みたいの」

香也子はそう言うと、ボトルを取り、自分のグラスに注いだ。

「パパも、もう一杯どう?」

「いや、いいよ。それより……」

松野は香也子の腰に手を回した。

「待って。パパはもう大分飲んで来たんでしょ。私も追い付きたいの。いいでしょ、ね」

香也子は二杯目も一息に飲み干し、またボトルを取り上げ、今度はテーブルに置かれた松野のグラスと、自分のグラスに〝ドンペリ〟を注いだ。そして、ナイフやフォークを使わずに素手で白い皿から生ハムの乗ったメロンを取り、口に運んだ。

「〝ドンペリ〟もおいしいけど、生ハムもいいわね。パパもつまんだら」

「君の好物だったたね。メロンと生ハム。だから頼んだんだよ」

松野も素手で生ハムの乗ったメロンを取り上げた。香也子は皿を元の位置に戻すと、今度はサンドイッチをつまんだ。二切れ食べると、三杯目の〝ドンペリ〟を飲んだ。そして、四杯目を注いだ。

「この〝ドンペリ〟、十年前に飲んだのと同じかしら?」

松野も二杯目を飲んだ。

「それはわからないな。十年前は本場だったからね。多分、〝ドンペリ〟もたくさん種類があるじゃないか。あのとき、パリ支局長が『最高級のを二本』と注文した。僕もルームサービスに『最高級』って頼んだけど、ここのホテルに置いてある中での話だからね」

十年前のこの日は『大ルーブル展』の調印式の翌日だった。調印式の打ち上げと称して、『ホテル・リッツ』の『レスパドン』で烏山主催の内輪の懇親会があった。

懇親会に出席したのは、烏山、秀香、パリ支局長、その部下の支局員、そして、松野と香也子の二人、合計六人だった。こういう海外での内輪の会食のとき、同行している秀香に自分の権勢をみせるため、烏山はとびきりの贅沢をする習性があった。

費用はすべて会社の経費、カネに糸目はつけない。ホテルにしろ、レストランにしろ、飲み物にしろ、とにかく値段の高いのを選ばせるのだ。味や雰囲気とは無縁の烏山にとって、基準は価格だけだった。宿泊先が『ホテル・リッツ』、懇親会が『レスパドン』なのはその基準で選ばれている。料理だけでなく、飲み物も同じで、パリ支局長が〝ドンペリ〟のなかで『最高級のを二本』と注文したのは当然だった。

「私、〝ドンペリ〟を飲むの、あの時が初めてだったの。それまで〝ドンペリ〟なんて銀座の高級クラブか新宿のホストクラブで飲むものだと思っていた。でも、おいしかった」

「そうだね。あのとき、香也ちゃん、『何杯も飲んだ。だから、酔っ払っちゃったんだよ」

「違うわ。コース料理もおいしくて〝ドンペリ〟もすすんだわよ。でも、飲み過ぎたのは別の理由よ」

「香也ちゃん、プライベートで傷ついたからね」

松野の念頭には四年前の〝略奪愛〟と三年足らずでの破局があったが、香也子は軽く一蹴した。

「それも違うわ。あの二人が……」

「あの二人?」

「〝狆爺《ちん》さん〟と愛人よ。いちゃいちゃするだけならいいんだけど、仕草が下卑ているでしょ。

ピチャピチャ、音を立てて食べるし、マナーもあったもんじゃないわ。あれじゃ、折角の料理も興醒めだし、日本人の恥！」

「〝狆爺さん〟、うまいことというね。烏山相談役、確かに似ているな」

「あの二人のおかげで飲み過ぎたの。パパだって嫌そうな顔していたじゃない？」

「確かに下卑ているよ。でも、僕らの年だと、田舎者の度合いの問題でね。香也ちゃんみたいな帰国子女とは違う。あの時の海外出張自体、気が進まなかったからね」

「でも、気が進まなかったのはあの二人と一緒だったからでしょ」

「そりゃ、そうだけど、あの懇親会は忘れられない〝思い出〟さ」

「パパの不倫願望を満たせたから？」

香也子は四杯目の〝ドンペリ〟に少し口を付け、クスクスと笑った。

「香也ちゃん、そういじめないでよ。十年前と比べてまずいわけじゃないんだろ？」

「そうよ。今日のもおいしいわ。私だって、ワインやシャンパンの味がわかるわけじゃないし、〝ドンペリ〟を飲むのもあの時以来だし……」

香也子は一度、テーブルに戻したグラスを取り、グラスの中で次から次に上がってくる小さな気泡を見つめた。そして、今度は気泡を味わうようにゆっくり飲み干した。気泡が舌の上で弾け、喉を流れ、消えるのがわかり、目を閉じた。

「やっぱりおいしいわ」

香也子が閉じた目を開いた。

「じゃあ、五杯目」

松野がボトルを取り、香也子が持ったままのグラスに〝ドンペリ〟を注いだ。

「パパ、そんなに私を酔わせたいの？」

「そんなことないさ。でも、君、追いつきたい、って言っていたじゃないの？　十年前のようなことが起きてもいいけど……」

「私、十年前のこと、本当によく覚えていないの」

「本当にそうなの？　……言ってもいいのかい？」

香也子が目で頷くのを見て、松野が続けた。

「あの懇親会は変な会だった。〝狆爺さん〟と秀香の二人だけがはしゃいでいた。傍目には君の言う通り、品が悪いと言われれば、反論の仕様のない感じだった」

「それは私も覚えているわ」

「でも、香也ちゃんも変だった。コース料理も出終わり、デザートを出す前にボーイがフランス語でコーヒーかティーか聞いて回った。その時、君は『ドンペリをもう一本』と言ったんだ。でも、日本語で言ったから、パリ支局長が代わりに『ティー』と注文した」

「へえ、そんなこと言ったの。覚えていないわ」

「それで、デザートとコーヒーかティーが出て、君もデザートを食べ、ティーをおとなしく飲んでいたんだけど、突然、『〝ドンペリ〟が来ないじゃない？』と言い出したんだ。そうしたら、秀香が『この小娘、酔っ払っているの』と怒り出した。それで、パリ支局長が気をきかせて、部下に君を部屋に連れて帰らせたんだ」

「そんなことがあったの。でも、パパ達はどうしたの？」

「支局員が戻ってきたら、散会したよ。最初から白けているけど、もっと白けちゃう」

「じゃ、パパや〝狆爺さん〟はどうしたの？」

香也子が五杯目に口を少しつけ、肩に手を回した松野を上目づかいに見た。

「うん、さっきも言ったけど、若いパリ支局員が戻って、翌日の予定を確認して、お開きさ。話もないしね。狆爺さんは秀香と早く部屋に戻りたかったんじゃないか」

「翌日の予定、どうだったの？」

「朝からブランド品の店を回る。〝狆爺さん〟が『みんな一緒に来い』なんて言ったら大変だった。飛行機は午後八時頃だろ。二日続きで、まる一日、あの二人のお供だ。でも、君が部屋に帰っちゃったこともあって、同行を命じられたのはパリ支局長だけだったんだ」

「え、あの日は朝からルイ・ヴィトンだとか、クリスチャン・ディオールとか、ゲランとか、ブランド品の店を見て回ったでしょ。翌日も回るの？」

「そうだよ。あの日は秀香が見ただけで、買っていないだろ。翌日は目星をつけたものを買うんだ。まあ、カネは大都の経費さ。僕はいいけど、君には見せたくなかったのかもしれない。それで助かった。だから、夕方、パリ支局で落ち合えばよくなった」

「そういうことだったの」

「そうだよ。席を立つと、あの二人はそそくさとスイートルームに戻ったけど、パリ支局長が僕を誘ってくれた」

「え、どこに？」

「街に出てテラスで一杯どうですか、とね。でも、そんな気にならなくてね。『今日はもういいよ』っていうと、支局長もあっさり引き下がった。彼らだって、二人の面倒、見るの、大変だからな。息抜きしたかったろう。俺だっていない方がいいに決まっている」

「それで、どうしたの？」

「部屋に戻って、ブランデーを飲んでいた。そうしたら、香也ちゃんから電話があった」

「へえ、私がパパを呼んだの？　そこのところを覚えていないの」

「本当に覚えていないの？」

「本当よ」

「いや、疑ってなんかいないよ。でも、あの時はびっくりしたんだ」

「どうして？」

「香也ちゃん、『私の部屋で飲もうよ』って言うんだ。僕は『本当に部屋に行ってもいいの』と言ったら『早く来て！』って言って電話を切られちゃった」

「パパはシメシメって思ったのね」

「いや違うよ。プライベートで色々あったの、知っているから、心配になったんだ」

「それで急いで私の部屋に来たの？」

「そうだよ。部屋に行ったのは香也ちゃんに呼ばれたからなんだ」

「部屋に入ってびっくり仰天したのね」

そう言うと、香也子は独り笑みを浮かべた。

「なんだ、やっぱり、香也ちゃん、覚えているんじゃないの？」

バイアグラか男宝《ナンパオ》を飲みなさい！

香也子の独り笑みをみて、松野はまた抱き寄せた。すると、香也子が耳元で囁いた。

「パパが部屋に来た後のことは覚えているの。私、〝狆爺さん〟たちにむしゃくしゃしていたし、暗い顔つきだったパパを慰めてあげようという気持ちもあったわ。でも、私がパパを呼んだっていう記憶はないの。信じて……」

「わかっているよ」

寄り添った香也子の顎に手をあて、松野は口づけした。

「そろそろベッドルームに行こうよ」

松野は香也子のセーターをたくし上げようとした。

「待って」

香也子は自分でカシミヤのセーターを脱いだ。

「パパは十年前と同じようにしてほしいの？」

「そんなことは思っていないけど、君を見たいだけだよ」

「ここ一、二年はいつも見て、触るだけじゃない？　今日は違うの……」

「今日は違う」

「十年前と同じ？」

十年前、松野は六十歳、その日、愛人になった香也子は三十五歳だった。今、四十五歳になった香也子は女盛りだった。

「ちゃんとするよ」

「あまり信用できないけど、わかったわ。シャワー浴びてくる。パパはどうするの？」

「僕はベッドで待っているよ」

「じゃあ、バスローブを持ってきてあげるわ」

香也子は立ち上がると、ベッドルームを通り抜けて、バスルームに向かった。そして、バスローブを持って戻ってきた。リビングのソファーに身を埋めていた松野に渡した。

「これに着替えて待っていて。パパはシャワー浴びるの？」

「いや、いいや」

「十年前もそうだったわね」

香也子は意味深な笑みを浮かべ、ブラウスのボタンをはずしながらバスルームに戻った。

松野は、受け取ったバスローブを脇に置き、テーブルの手を伸ばし、サンドイッチを摘まんだ。「美松」でよせ鍋は食べたが、食事は取らずに先に出たので、少し小腹が空いてきたのだ。二つほど摘むと、少し気の抜けた、グラスに残った〝ドンペリ〟を飲み干した。

「よし」

松野は自分を元気づけるように立ち上がった。バスローブを持ってリビングの中央の寝椅子まで行き、ワイシャツと背広のズボン、靴下を脱いだ。下着の上からバスローブを着ると、ベッドルームの窓側のベッドに腰を下ろした。

「もう十一時少し前か」

腕時計を外し、ツインベッドの間にあるスタンド台に置き、リビング側の壁にある液晶テレビを付けた。民放のニュースが始まるところで、ぼんやり見つめていると、バスローブ姿の香也子が出てきた。

「どう。これで満足？」

香也子はバスローブをはだけてみせた。

松野が目を覚ましたのは午前六時前だった。一緒に寝ていたはずの香也子はいなかった。目をこすりながら、バスルーム側のベッドをみると、香也子は純白のカバーのかかった毛布にくるまって熟睡していた。腕時計をスタンド台に戻すと、松野は立ち上がり、バスローブを羽織ると、バスルームに向かった。洗面台で歯を磨き、髭を剃るためだった。

「まだ一時間あるから、シャワーを浴びるか」

歯磨きを済ませた松野はリビングから替えの下着を取ってくると、昨晩香也子の使った痕跡がまだ残っているバスタブに入った。熱いシャワーをさっと浴びると、バスローブを引っ掛けてベッドルームに戻り、毛布にくるまっている香也子の唇にキスをした。

「パパ、もう起きたの？」

香也子は松野の顔を払いのけるようにして、ベッドの上で大きな伸びをしながら

「……パパも〝狆爺さん〟みたいにバイアグラとか男宝《ナンパオ》を飲めばいいのよ」

と言って笑った。

烏山は社長就任前から中国・香港や韓国への出張が大好きだった。中国では精力剤の「男宝」、韓国では朝鮮人参を使った精力剤を買うためだった。欧米出張や欧米駐在の特派員が一時帰国するときはバイアグラを土産として買って帰るように命じるのが常だった。大都社内でこの烏山の習慣を知らぬ者はなかった。

松野は香也子のベッドから離れ、自分の使ったベッドに座り
「香也ちゃん、あまりいじめないでよ。烏山みたいになれればいいけど、それもね……」

と困ったような調子で答えた。

松野も烏山も同じ穴の狢《むじな》ではあるが、松野は烏山のようにあっけらかんと「男宝」を買い漁ったり、バイアグラを土産に要求したりできないのである。

「冗談よ。でも、昨日は〝ドンペリ〟なんか頼んで〝錫婚式〟のつもりだったの？」

烏山の価値の基準は値段だけで、特に会社の経費となればカネに糸目をつけることはなかった。しかし、松野には少しはＴＰＯを考える〝常識〟があった。だから、香也子と一緒の時でも普段なら飲み物はミニバーを使う。でも、昨晩は特別のつもりで最高級のシャンパンを注文した。そうしたら、特別の思い出のまつわる〝ドンペリ〟が運ばれてきた。偶然ではあったが、そこまで香也子に話さなくてもいいと思っていた。

「〝錫婚式〟なんてつもりはなかったけど、十年目の特別な日と思って注文したんだ」

「おいしかったわよ。パパに感謝している。でも、特別の日だ、と思っていたなら、一泊旅行とまで言わないけど、どこかの三ツ星のレストランとか料亭とか寿司屋とかでご馳走してほしかったわ」

「……でもね。君だって知っているでしょ。僕が〝恐妻家〟だって。そんな人目に付くと

ころに二人だけで行くわけにいかないんだよ。そこのところはわかってよ」

松野は立ち上がり、隣のベッドの枕元に座り、香也子の髪を撫ぜながら、続けた。

「社長になってから、海外出張には半分くらい君を連れて行ったでしょ。最高級ホテルに泊まって三ツ星レストランで食事をしたじゃないの？」

「でも、二人きりじゃないでしょ。現地の支局長や他の同行者も一緒だったし、部屋で会ったことは一度もなかったわ」

「それは仕方ないでしょう。香也ちゃんとのこと、悟られるわけにいかないから。でも、君がいつでも好きなものを買えるようにクレジットカードだって作ったんでしょう」

松野は十年前、香也子との関係が始まると、銀行に香也子名義の口座を作り、クレジットカードを使えるようにしていたのだ。

「わかっているわよ。だから、これまでパパが会いたいと言えば、ここで会っているんでしょ。でも、私、もう四十五歳、いやまだ四十五歳、というべきかな。あと十年経ったら、パパは八十歳、どうなっているかしら？〝銀婚式〟あるかな？」

香也子は背を向けたまま、小声で呟いた。

「香也ちゃん、そんなこと、言わないでよ」

松野は背中から香也子を抱き起そうとした。すると、香也子は毛布を抱きかかえたまま、起き上がり、目元を綻ばせ白い歯を見せた。

「もう、よしましょ、こんな話。それより、日亜との合併の話、どうなったの？　パパ、その話があるからって、私を呼んだんじゃない？」

「その話はする。でも、その前に……」

後ろから毛布の中に手を入れ乳房を掴んだ。香也子は首を後ろに向け、唇を差し出した。

「これでおしまいよ。話してちょうだい」

松野は日亜社長の村尾と合併交渉を始めて以来、香也子に部数動向、不動産の保有状況など、交渉に必要なデータを集めさせていた。松野は立ち上がり、リビングに行った。ビジネスバックから「ポロ・ブラック」を取り、首の周りにつけた。そして、新しいワイシャツを着て、寝椅子の上に無造作に脱いであった背広のズボンをはいた。寝室に戻ると、香也子は毛布を胸に抱えたまま待っていた。

松野は「合併は来年四月一日でほぼ決まったよ」と切り出し、新聞の題字は「大都新聞」に統一する、合併比率は大都株一株に対して日亜株五株にすることなど、「美松」での話し合いで決まったことを説明、最後に付け加えた。

「そうそう、両社の編集局長も同席させた。うちは君と北川（常夫・取締役編集局長）君の二人だけがこの極秘情報を知っている。くれぐれも頼むよ」

「そんなこと、わかっているわ。それより、〝海外展開〟、パパの主張は通ったの？」

「いや、前にも話した通り、村尾君が否定的で、ペンディングのままだね」

「それはよかった、安心、安心。私たちみたいな帰国子女からすると、欧米の新聞とは文化が違うのね。買収なんかしたって失敗するだけ。国内に絞ってパイを奪うのが一番よ。とにかくうまくいったんだから、合併後の〝ご褒美〟、約束守ってね。もともと私の発案でしょ。破ったらパパから村尾さんに乗り替えちゃうから」

「心配しないでいいよ。ちゃんと次長、部長と昇格させるから。だから、そんな意地悪言わないでよ」

交渉はこの寝屋で香也子が「部数トップのままいたければ合併すればいいのよ」とつぶやいたのがきっかけで、寝物語に経過を話していた。ある時、松野が「合併を機に英字新聞を買収して海外展開するのはどうだろう？」と囁くと、香也子は即座に「そんなバカなことしゃちゃ絶対駄目」と目をむき、〝馬乗り〟になった経緯があったのだ。松野は腕時計をみて、続けた。

「午前六時五十分だ。出かけるよ。自由党の石山久雄幹事長の朝食会があるんだ。もう一度戻ってから出社するから、君は『ドント・ディスターブ』の札をかけて出勤してね」

「そうするわ。でも、パパも気を付けて出てね」

「うん。わかった」

第四章

大新聞トップの共通点は〝小心、細心〟

――胡麻すり、泣きつき、もみ消しに奔走する日々

恐妻家は細心の注意を払う？

松野が「美松」を出たのは午後九時過ぎだった。

「美松」に残ったのは合併交渉に同席した部下の北川、そして、日亜側の二人、社長の村尾、編集局長の小山だった。よせ鍋の仕上げ、雑炊を食べて帰ることになったのだが、用意するはずの老女将が松野を送りに出て戻らなかった。

「松野さん、『野暮用』って言っていましたけど、何ですかね……」

間が持たなくなった小山が切り出した。

「どこに行くか、誤魔化しただけだろ。きっとカラオケだよ。どうなんだい？」

村尾が北川に目を向けた。

「明日、自由党の石山久雄幹事長の朝食会で、社長はすぐそこのリバーサイドホテルに泊まりです。数日前に『石山さんに何か聞くことはないか』と聞いてきましたから……」

「それこそ野暮だけど、聞いて貰ったの？」

小山が笑いながら嘴《くちばし》を挟んだ。

「いや、煩《わずら》わしいだけだからね。それでも、『いつも聞くことないか』と言ってくるんだ。それはお互い様じゃないの？」

口元をほころばせた北川の返答は村尾をムッとした表情にさせた。

「おいおい、俺は松野先輩のようなことはしたことないぞ」

村尾は社交的な松野と正反対な性格だった。〝引きこもり社長〟そのもので、パーティーには必要最小限しか出席しない。その話は業界でも有名で、北川の耳にも入っていた。

「すいません。わかっています。勘弁してください」

村尾が苦笑するのをみて、北川が続けた。

「松野の行き先の話に戻りますけど、村尾さんがこれまで密会した時はどうでした？」

「俺はいつもタクシーを呼んでもらったが、先輩は社長車の時もあれば、そうでない時もあったような気がする。社長車の時は逗子の自宅に帰ったんじゃないかな」

「社長車じゃない時はどうだったんですか」

「一緒のところを見られるのはまずいので、俺は先にタクシーに乗って出てしまう。よく知らないんだな」

「社長車を使わない時はリバーサイドホテルに泊まる時です。でも、時間が早ければカラオケに一人でいくこともあるでしょうけど……」

「すると、今日もカラオケじゃないのかい？」

「それはわかりません。いつもカラオケに行くわけじゃないでしょうから……」

北川がそう答えた時、部屋の格子戸が開いた。老女将が雑炊を作るための、ご飯と生卵、茶碗三つを持って入ってきた。村尾は構わず、カラオケの話題を続けた。

「先輩はどこでカラオケの練習をするんだい？」

「村尾さん、行ったことないんですか」

「そうだよ。俺はカラオケやらないから、松野さんに誘われたことはないさ」

「銀座日航ホテル前のビルに行きつけのクラブがあるんです。新しい演歌を覚える時はそこで練習します。歌いこなせるようになると、部下やお客さんを連れて繰り出すんです」

「女将さんに聞いてみましょうよ」

怪訝な顔をしている老女将をみて、小山が割って入った。

「え、何ですか」

老女将は卓袱台の鍋にご飯を入れ、コンロに火をつけながら、聞き返した。

「松野社長を見送ったんでしょ。どこに行きました？」

「わかりません。私は水天宮通りに出るマーさん見送っただけですからね」

老女将は鍋が少し温かくなるのを待って、生卵を割って鍋に落とした。

「通りに出るまで、見送ったんですか」

小山がさらに突っ込むと、老女将は
「そうですよ。マーさんは手を挙げて、タクシーを止めていました。それを見て、私は戻って雑炊の用意をしてきたんです」

と説明しながら、鍋に蓋をした。

「沸騰したら、出来上がり。私は下がりますから、みなさんで食べてください」

老女将は部屋を出た。格子戸が閉まる音を聞いて、小山が切り出した。

「やっぱり、その銀座のクラブに行ったんですかね。北川さん」

「普段の行動を考えると、まあ、そういうことになるのかな。でも、なんで『野暮用』なんて言ったのか、わからない。いつもはカラオケに行く、と平気で言う人なんだよ……」

「何か、他に思い浮かぶことがあるのかい？」

村尾が北川を窺うようにみた。

「変は変なんです。別のことが考えられるわけではないんですが……」

北川は言いよどんだが、小山が救いの手を差し伸べた。

「雑炊ができたようです」

小山は煮立った鍋の蓋を開けてお玉でご飯茶碗に雑炊を入れ、村尾、北川の順に差し出した。そして、雑炊を食べながら
「松野社長、女のところにでも行ったんですかね」

と、正面の北川を上目使いに見た。北川は雑炊を食べるだけで、すぐに反応しなかった。食べ終わっても、今度は、薄笑いを浮かべて、お湯割りのグラスを取った。

「北川君、思い当たることがあるなら言えよ。合併するんだから、隠し事はなし、だぜ」

村尾が問い詰めた。それでも、北川はただ笑うだけで、なかなか答えない。

「北川さん、もう一杯どうですか」

小山がその場の雰囲気を和らげようとしたのか、手を出した。

「でも、変じゃないですか。松野社長はうちの富島（特別顧問）に後継社長選びで『〝三つのN〟と〝二つのS〟が大事だ』とアドバイスしたんですよね」

小山が雑炊を掬《すく》った茶碗を渡しながら、隣の村尾を見た。

「何だ、君は何が言いたいんだ！」

村尾が不愉快そうな顔をして、ご飯茶碗を付き出した。小山は雑炊を入れて茶碗を返すと、笑いながら言い訳を続けた。

「社長、違うんです。『松野社長はどうなのかな』と思ったんです。〝三つのN〟は我々と同類です。でも、〝二つのS〟のシークレットとスキャンダルはあるのかなって……」

「そりゃ、先輩にも〝二つのS〟はあるさ。北川君、そうだろう?」

薄笑いを浮かべた村尾が再び北川に振った。

「ええ、まあ……」

北川が言い淀むと、小山が催促した。

「北川さん、話しちゃいなさいよ」

「……そうね。でも、噂なんだ。僕にもどこまでの関係かわからないけど、元記者の女性社員と不倫関係にあるって噂はあるんだよ」

少し間を置いて、北川が重い口を開くと、小山が身を乗り出した。

「え、不倫ですか。じゃあ、うちの社長と同じじゃないですか」

「何を言う、小山。今は先輩の話だろう」

「すいません。余計なことを言いました。それで、松野社長の不倫相手は誰なんですか」

小山は頭を掻きながら、北川をみた。

「松野より二回りくらい年下の帰国子女でね、花井香也子っていうんです。十五年くらい前だったかな、記者時代に取材相手の為替ディーラーとできちゃって、相手が妻帯者だったので週刊誌で〝略奪愛〟なんて書かれたんですよ。覚えていませんか？」

「覚えています。記事では名前は伏せられていたけど、結構派手な記事でしたからね」

「その〝略奪愛〟が三年で破綻して、そのあと、松野が何かと目を掛けているんだな。今は社長室の職員で、松野の海外出張に頻繁に同行するのは間違いないけど、外で二人が一緒のところを目撃されたことはないんだよ」

「今日も、松野さんはタクシーで彼女と会うためどこかに行った、ということですかね」

「そういう可能性はあるけど、カラオケの練習に行ったかもしれないし……」

「朝が早いと、リバーサイドに泊まるんでしょ。そこで会っていることはないんですか」

「法人契約の定宿だから、松野の開けっ広げな性格からすると、ありうるが、その噂は聞いたことないんだ。松野は恐妻家だから、細心の注意を払っていると言われているしね」

村尾は笑みを浮かべながら、部下の小山と北川の会話を聞いていたが、ご飯茶碗を取った。そして、二杯目の雑炊を平らげ、腕時計をみた。午後九時四〇分だった。

「君たち、もういいだろう。来週だってまた会うんだし、追々《おいおい》聞けばいいじゃないか」

「そうですね。そうしますか。でも、僕にもう一杯、雑炊を食べさせてくださいよ」

小山と北川の二人は顔を見合わせて大笑いしたが、小山が自分の茶碗に雑炊を掬った。すると、村尾が手を叩いた。しばらくすると、格子戸が開いた。

「お済みですか。お茶をお持ちしましょうか」

「お茶はいいよ、な」

村尾の問いに北川、小山の二人が頷くと、老女将が続けた。

「皆さん、御供はどうなっていますか」

「おい、君たちも車はないんだろ？」

村尾が二人をみた。すると、北川が申し訳なさそうに答えた。

「僕は近所にハイヤーを待たせています。すぐに呼びますので、社長が使ってください」

北川は背広のポケットから携帯電話と運転手の名刺を取り出し、ハイヤーを呼び出した。

「二、三分で来ると思いますから、とにかく使ってください。僕と小山さんは社に戻りますから、通りでタクシーを拾います。ねえ、小山さん、それでいいね」

小山は頷いたが、村尾は北川の申し出をやんわり断った。

「折角の好意だが、俺はあまりハイヤーは使わないんだ。悪いな。君たちがそのハイヤーで社に戻ればいい。俺は先輩の定宿のホテルまで行ってタクシーに乗るよ」

村尾はそういうと、立ち上がった。

「三人が揃って出るのもまずいから、俺はトイレに寄って出る。君たちは先に出ろよ」

大新聞社長は30年も奥さんと別居中

二人は老女将に見送られ、「美松」を出た。今度は北川が小山に問い質《ただ》した。

「村尾社長はどうして社長車やハイヤーを使わないの？」

「社長はもう三十年くらい、都内にマンションを借りて奥さんと〝別居〟しているんです。自宅が藤沢の鵠沼《くげぬま》で遠いというのが理由で、土日は自宅に帰っていることになっていますが、それも怪しいですね」

「どうして？」

「土日に鵠沼の自宅に電話しても、いないんですよ。村尾は秘密主義で、携帯電話はもちろん、借りているマンションの住所も電話も極秘扱いで、側近にしか教えていません」

ここまで小山が話したところで、水天宮通りに停まっているハイヤーのところに着いた。

「続きは今度にしましょう。車の中はだめです。いいですね」

車に乗るよう促された小山は唇に人差し指を当て、笑った。続いて乗り込んだ北川が「運転手さん、茅場町に行ってくれ」と指示、運転手は黙って車を発進させたが、北川の意外な指示に驚いた小山が小声でささやいた。

「大手町に戻るんじゃないんですか」

「まあ、いいじゃないか」

北川は小山に耳打ちした。しばらくして運転手が聞いた。

「茅場町はどこで停めますか」

「そうだな。交差点のところでいい」

「分かりました」

会話は途切れたが、それは数分のことだった。茅場町の交差点に着いたからだ。

「ここでいいですか」

「いい、ここでいい。そのまま社に戻ってくれ。俺たちはこの辺でもう一杯やる」

北川はそう言って、ドアを開けた。

「え？　本当にもう一杯やるんですか。我々、コートなしで出てきていますよ」

北川に続いて降りた小山が不満げな顔をした。

「いや、飲まないさ。もう少し、君の話を聞きたかっただけだ」

「え、続きですか。でも地下鉄で話すのはまずいですよ」

「少し酔い覚ましに歩こうぜ。ところでな、日亜って社員名簿はないのか」

北川は交差点を日本橋方向に渡り、歩き出した。

「個人情報保護っていうことで、十年以上前から作っていません。本当は週刊誌などのマスコミに社員の住所を知られないようにするのが狙いですけどね」

足早に歩き始めた北川を追うように小山が答えると、北川が振り向き、二の句を継いだ。

「うちも同じさ。新聞だってマスコミなのに、マスコミの取材を受けたくないっていうのは自分に唾するような話だけどな。でも、それで俺たち、安泰なんだ……」

「社員名簿はなくても、内部的な緊急連絡用の名簿みたいなものはあるんじゃないか」

北川は畳み掛けるように、隣に並んだ小山をみた。

「それはありますが、それも鵠沼の住所です」

「都内の住所は載せないのか」

「一度も載ったことないです」

「本当にそうなの？　電話番号も鵠沼かい？」

「そうです」

「それじゃ、緊急の時、どうするんだ？」

「携帯電話や携帯メールがあります」

「でも、それは今だろ。十年前はそういうわけにいかなかったろう？」

「それはそうですけど、その頃、村尾に緊急連絡する人はいませんでしたよ」

「ああ、そうか。当時は蚊帳の外だったんだな」

「そういうことです」

「でも、携帯やメールがあるとはいっても、それを知らなきゃ連絡できないじゃないの？」

「側近には住所も含めて教えていますよ」

「小山さんはその住所知っているの？」

「僕も側近ですけど、携帯を知っているので、住所は聞いていませんね。ただ、一月末に四ツ谷駅に近い高級賃貸マンションに越したらしいです」

　一七〇センチ前後、ほとんど同じ背丈の二人は並んで歩きながら、話し続けていたが、北川が歩みの速度を緩めた。立ち止まりはしなかったが、考え込むようにして呟いた。

「合併したらどうなるのかな。俺のような大都側は村尾さんに連絡を取るには小山さんなんかに伝えてもらうしかなくなるのかね……」

「それはないと思います。北川さんにはちゃんと連絡先を教えると思いますよ」

「そうかもしれないが、風通しは悪くなるな……」

「〝三つのN〟〝二つのS〟が生き残るにはその方がいい面もあるんじゃないですか」

「わからんではないけど、大都だってそこまで秘密主義じゃないぜ。大企業の経営者で、日常的に自分のいる住所を秘密にする人なんて聞いたことないけど、不倫を隠すためか」

「ええ、奥さんと別居状態になってから、女がいなかったことはないらしいです。以前は社長になるなんて夢にも思っていなかったし、松野さんのように恐妻家でもないですから、不倫相手と二人のところを目撃されたりしたこともあるんです」

「今は業界でも噂になっている女性記者か」

「そう、芳岡由利菜という記者です。村尾がロンドン支局次長時代に情実入社させて以来の関係と言われていますが、三年前、ニューヨーク特派員に大抜擢されたんです」

「あっと驚く人事で、村尾さんが社長になるんで、海外に隔離したんだな」

「多分、そうですけど、三年経って二月半ばに戻ったんです。その直前に社長は十年以上住んだ神楽坂のマンションから四ツ谷に引っ越したんです」

小山が答えたとき、二人は日本橋交差点の手前まできていた。

「おおよそわかったよ。日本橋から地下鉄で戻ろう。でも、厄介だね。これまでは異常なくらい情報管理と内部監視で秘密が保持できたんだろうけど、これからどうかねえ」

北川が漏らすと、小山も頷き、二人はC2番の出入口から東西線の日本橋駅に降りた。

村尾が「美松」のトイレから出てきた時には、北川と小山の二人はすでに外に出ていた。

「本当に御供はいいんですか」

上り框《がまち》のところで、老女将がコートを抱えて村尾を待っていた。

「松野さんの定宿のリバーサイドホテルをちょっと覗いてみようと思ってね」

「マーさんが『来週も同じ部屋で頼む』と言っていましたが、いつですか」

「多分、月曜日から水曜日の間になると思うけど、先輩から連絡があるはずだよ」

村尾は靴を履きながら答えた。宴席で松野が一週間後と言ったのは覚えていたが、これまでも松野自身の都合で変更になるのがしばしばで、少し幅を持たせたのだ。

「左様ですか。料理もその時ですね」

「うん、そうだろう」

村尾はコートを羽織ると、硝子戸を開けた。老女将が路地まで出てきたので、村尾は後ろに手を上げて見送りを断り、水天宮通りに向い歩き始めた。北川と小山の姿はすでになかった。通りに出ると、左に折れた。日本酒を結構飲んだこともあり、吹くビル風が気持ちよかった。ホテルの車寄せが見えてきたところで、腕時計をみた。午後十時前だった。

《ホテルに入るのはやめるか。バーに行って水割りでも飲んだら、午後十一時までに四ツ

谷には戻れないかもしれない》

村尾はホテル玄関の手前で、停まっていたタクシーに乗ろうとした。ドアを叩くと、運転手が後ろの窓を開けた。

「実車中ですから、タクシー乗り場の車に乗ってください」

運転手が玄関の先の乗り場を指差した。村尾は客待ちをしている別の車に乗り込んだ。

「四ツ谷に行ってくれ」

村尾が行き先を告げると、運転手は黙って車を発進させた。

「四ツ谷のどの辺ですか」

「新宿通りを四ツ谷駅の方に向かってくれ。駅の手前で降りる。行き方は任せるよ」

運転手は村尾に話しかけることもなく、車を走らせた。開けっ広げな性格の松野と対照的に、村尾は社内で〝引きこもり社長〟と陰口をたたかれるほど内向きの性格だ。運転手が何言わなければ、村尾は自分から話しかけるようなことはない。車内は沈黙が支配した。

〝ジャーナリズム〟という印籠《いんろう》はフルに活用

富島が引責辞任した時、松野の助言で村尾が日亜の後継社長に選ばれたわけだが、〝三つのN〟と〝二つのS〟に合致するのは村尾だけではない。富島も松野も同じ穴の狢《むじな》である。松野の前任社長だった相談役の鳥山も含め四人はともにジャーナリズム精神とは全く無縁の人間である。主義主張や理念の欠片《かけら》もない風見鶏であるが、〝ジャーナリズム〟という印籠はフルに活用し、私的利益をひたすら追求する点も共通している。

四人の中でも、松野と村尾の二人はこうした共通項以外にも、似たところがあった。出身大学が関西の同じ名門私立大学法学部とか、県は違っても出身地がともに近畿の田舎で、親父が地方政治家とかいった点だ。それが二人を親密にさせる背景にあった。しかし、一人の人間としてみると、二人二様である。松野にしても、村尾にしても、小心者であることに変わりがないが、他人の目には全く正反対に映る。

松野は社交的で、政財界関係者と幅広く付き合い、バーのホステスやタクシーやハイヤーの運転手にも気軽に声を掛け、アバウトそのものに見える。しかし、不倫相手の香也子と密会する時、タクシーに乗って別のところに行けといい、途中で引き返させる、という手の込んだことまでする。〝恐妻家〟なせるわざだが、不倫関係が十年も続けばそんな小細工は面倒になるものだ。傍若無人な烏山と違うところで、松野が小心者の証左なのだ。

同じ小心者でも、村尾は内向的な陰気者で、政財界関係者との付き合いはほとんどなく、業界団体の日本報道協会の会合にも必要最小限しか出席しない。記者としての能力が中レベル以下で、記者時代に文章が書けなかったことの負い目があるかもしれないが、社長になってしまえば、気にするようなことではないのに、それができない。

当然、バーやクラブに出入りしてカラオケに興じるようなこともないし、ハイヤーやタクシーの運転手と気軽に会話するようなこともない。特に社内で訝《いぶか》しがられているのが社長車をあまり使わないことだ。社長には社長車がつくのが当たり前だが、村尾は賃貸マンションからの行き帰りには原則として使わない。これは不倫相手の香也子と会う時だけ使わない松野とは好対照だ。

社長車をあまり使わないのは社員に対し、経費節減に率先している姿を印象付けるためでは決してない。携帯電話番号を側近以外には教えなかったり、三十年近く妻と別居しているにもかかわらず、自宅住所を実際に住んでもいない鵠沼《くげぬま》で押し通したりしているのと同じだ。村尾は猜疑心の固まりのような男なのである。

村尾がタクシーに乗ったのは午後十時前。車内に沈黙が支配したまま、車は走った。

水天宮通りを左折して新大橋通りに入った車は小舟町を経由して三越前、常盤橋を通り抜けた。右手に日亜本社ビルや大都本社ビルを望む大手町を過ぎ、内堀通りを竹橋に向かった。運転手は正面を見据え、時折、バックミラーに目をやった。そこには目を瞑って苦虫を噛み潰したような村尾の顔があった。竹橋を過ぎると、車は千鳥ヶ淵、一番町を経て日テレ通りに向け快調に飛ばした。日テレ通りを左折すると、しばらくして麹町に差し掛かった。車に乗って二十分ほど経っていた。

「もうすぐ新宿通りに出ます。どの辺でお停めします？」

「上智大学の手前にある郵便局のところで止めてくれ。信号の手前がいい」

車は麹町の交差点で右折し、新宿通りを四〇〇メートル《メートル》ほど走り、歩道に寄せて止まった。深夜割増メーターは二千百六十円だった。村尾は黙って小銭入れから二千五百円を取り出した。運転手から釣銭とレシートを受け取ると、そそくさと車を降りた。

麹町六丁目の信号のところで、反対側の二番町に借りている高級マンションがあった。玄関前につけさせるのが普通だが、村尾はそうしない。必ず、少し離れたところで車を止め、降りてしまう。それは雨風の強い日でも変わらない。見ず知らずのタクシー運転手にも自分の借りているマンションの場所を教えたくないという気持ちが優先するのだ。

〝秘密主義〟は徹底している。社内では過去に一緒に仕事をして〝秘密〟を共有している、ごく少数の部下には携帯電話の番号も教え、頻繁に打ち合わせをするが、それ以外の幹部には携帯電話の番号も教えず、会うのも嫌がる。それもあって、多くの社員の間では社長室が「開かずの間」と呼ばれ、「引きこもり社長」などと陰口が叩かれている。当然、陰口は村尾の耳にも入っていたが、意に介することはなかった。

社長就任から約三年経ち、経営の中枢は全て側近で固め、〝ゲシュタポ〟を使って社内の不満分子に目を光らせる体制を確立していたからだ。しかも、うるさ型の旧亜細亜、旧日々出身者は定年や早期退職制度の利用で社を去り、人事権をバックにした〝恐怖政治〟で、村尾は「社内は完全に掌握した」と自信を深めていた。「美松」の席で松野に説明した通り、村尾には〝喉に刺さった小骨〟はOB株主だけになったのだ。

社長など夢にも思っていなかった村尾のような男を社長にしてしまうと、その座に留まり権勢をふるうことだけが自己目的化する。しかも、優秀な人材はわざわざ遠ざけなくとも去っていく。日亜が人材の縮小再生産サイクルに入ったのは間違いなかった。頽廃《たいはい》路線まっしぐらなのに、村尾は意に介さなかった。表向きは〝ジャーナリズム〟を云々するが、内心は「そんなもの、糞くらえ、だ。儲ければいいんだ」と思っていたからだ。

タクシーを降りた村尾は麹町六丁目の信号が青になるのを待った。信号が青になると、村尾は憂鬱そうな顔つきで二番町側に渡った。信号を渡れば〝自宅〟である高級賃貸マンションまで一〇〇メートル《メートル》ほどだ。身長一七五センチ《センチ》前後の村尾は大股で足早に歩くので、ほんの二、三分でマンションの玄関に着く。

社長になってから、村尾は外で面識のある人間に出会ったり、目撃されたりするのを極度に嫌っていた。だから、いつも大股で足早に歩くのだが、この日は違っていた。信号を渡ったところで、立ち止まった。羽織っただけだったベージュ色のコートのボタンを留め、襟を立てた。そして、ゆっくりした足取りで、〝自宅〟マンションに向かったのだが、またすぐに立ち止まった。今度はコートのポケットからタバコを取出し、火をつけた。

村尾は十年ほど前にタバコはやめ、社内では一切吸わなかった。周囲には村尾がタバコを吸うと思っている者はほとんどいなかった。しかし、〝自宅〟マンションにはタバコも灰皿も置いてあった。コートのポケットにもタバコとライター、ポケット灰皿を忍ばせていた。

村尾がタバコに火をつけるのは苛々《いらいら》した気分を沈める時だ。いつもと違いゆっくりした足取りで、しかも、〝自宅〟マンションまであと少しのところで、めったに吸わないタバコを吸った。村尾が相当、フラストレーションをためていることをうかがわせた。

権力者として自信を深めており、社内事情に苛立ちの原因があるはずもなかった。松野から持ちかけられた合併交渉にも応じたのだ。しかも、この日の交渉では合併比率を大都株一株に対し日亜株五株にする自分の案で松野の了承を取り付けた。満足こそすれ、苛々の原因になることもありえなかった。

大体、村尾は口ではアバウトな松野を〝先輩〟〝先輩〟と立てているが、内心では小バカにしていた。合併後は松野を誑《たら》し込み、自分が新会社の実権を握れると踏んでいる。不遜にも〝小が大を飲む〟合併を目論んでいた。合併の基本合意ができ、〝野望〟実現に大きな第一歩を踏み出した。陰気な村尾でも、浮き浮きした気分になっていてもおかしくない。村尾でなく、松野だったら、スキップして〝自宅〟に帰っただろう。それが全く反対の精神状態になっていたのは全く別の問題で〝自宅〟に帰りたくない気分だったのだ。

村尾が入ったのは「シスレー・タワー二番町」という高層マンションだ。大手不動産会社が「シスレー」ブランドを使い、外資系の大企業、そして関西や中部の本拠を置く大企業の経営幹部を対象に都心で展開している高級賃貸マンションの一つである。

引っ越したのは一カ月前だが、それまでも、同じシリーズの「シスレー・ハウス神楽坂」を借りていた。神楽坂の方は村尾が名古屋本社副代表から東京本社に役員になって戻った平成十四年（二〇〇二年）春に借りており、広さも一〇〇平米ほどだった。村尾の目的からすれば十分だったし、別に自宅を持ち、平日だけ利用する〝別宅〟として借りるなら、贅沢ともいえた。しかし、社長の〝別宅〟としてはシャビーな感もないわけではない。

昨年暮れのことだ。突然、「社長という地位にふさわしいところを借りる」と言い出し、側近に引っ越し先を探すように命じた。そして見つけたのが「シスレー・タワー二番町」だ。部屋は最上階二一階のペントハウスで、広さは一三〇平米もあり、ベッドルームが三つあった。ベッドルームが二つの神楽坂より一部屋多い。それが村尾の気にいった。

大新聞社長はペントハウスで愛人を待つ

ペントハウスのドアを開けたのは午後十時半過ぎ。玄関で腕時計に目をやった。

「あと三十分くらいか。どうしたものかな」

村尾は独り言《ご》ち、コートのボタンを外しながら二十畳ほどの広さのリビングに向かった。リビングには食卓用のテーブルセットや横長のソファーなど、神楽坂から運んできた家具が配置されていた。しかし、引っ越したばかりで、段ボール箱も残っていて、部屋は雑然とした感じだった。隅のハンガー掛けにコートを掛けると、窓際のソファーに腰を下ろした。そして、茶褐色のチーク材のリビングテーブルの上からタバコを取り、火をつけた。

《どうやって説得するかな》

村尾はタバコを吸い込み、煙をゆっくり吐き出した。タバコを灰皿に置くと、ソファーに身を埋め、天を仰ぎ、唸った。しばらくして身を起こし、背広を脱ぎ、ネクタイを外すと、隣の一人用のソファーに放り投げた。そして、メインベッドルームに向かった。

ダブルベッドは朝起きたときのままだった。毛布もシーツも乱れ、昨晩の情事の痕跡が露わだった。見つめていると、昨晩の快感が蘇《よみがえ》ると同時に、彼女の言葉が耳の奥で響いた。

《一緒に住まないなら、奥さんと離婚して私と結婚してよ》

村尾は目を瞑り、声を振り払うように、首を振った。すぐにリビングに戻ると、サイドボードからブランデーの瓶とグラスを取り出した。ソファーの前のリビングテーブルで、グラスに注いだ。グラスの中で琥珀色のブランデーを転がし、舐めるように飲んだ。

ブランデーグラスをテーブルに置くと、また、タバコを一本取り、火をつけた。軽く吹かすと、ソファーに身を沈めた。村尾は最も得意と自他ともに認める女性問題で難題を抱え込んでいたのだ。名案が浮かぶはずもなく、苛々を募らせるばかりだった。指に挟んだタバコの灰が落ちそうになるのに気づき、慌ててタバコを灰皿に押し付け、立ち上がった。

ソファーの脇の窓から外を見た。東向きの角部屋で、皇居の方角が望めた。皇居の森の向こうには大手町のビジネス街のビル群が見えたが、日亜本社ビルは確認できなかった。

「もうすぐ帰ってくるな。俺がこんなことでつまずくはずはない。他の男とは違うんだ」

村尾は自分に言い聞かせるようにつぶやいた。

大抵の男には浮気願望のようなものがある。大都の烏山と松野にもたまたまそのチャンスが巡ってきた。二人とも誘惑に負けてめり込んだが、他の男でも同じような場面に遭遇すれば、不倫に溺れたに違いない。しかし、村尾には二人とは違うという思いがあった。〝女誑《たら》し〟とか〝すけこまし〟という言葉がぴったりするような本性があったからだ。

その本性がどうして形成されたかわからないが、女三人、男一人の四人姉弟という家族環境が影響したのかもしれない。子供のころから村尾は姉三人の顔色を窺いながら生きてきた。知らず知らずのうち女を扱うテクニックを身につけたのだろう。

もし、村尾がサラリーマンでない職業を選んでいたら、〝ジゴロ〟として十分やっていけるような気もする。もっとも、もう一つの本性〝小心者〟が災いして〝プレーボーイ〟になりきれていないところをみると、ジゴロになっても中途半端に終わった可能性が強い。

いずれにせよ、こと女性問題については絶大な自信を持っていた。しかし、その村尾が難題を抱え込んだ。その現場が〝自宅〟マンションだった。「美松」を出てリバーサイドに寄ったのは何となく〝自宅〟に帰りたくない気分だったからだ。だが、タクシーに乗ってしまうと、〝自宅〟が近付くに従い、苛々が嵩じたのだ。

烏山や松野の〝火遊び〟のような不倫なら一過性のところがある。だが、村尾の不倫相手は一人ではない。〝ジゴロ〟が蹉跌《さてつ》すると、抜き差しならない泥沼に嵌《はま》る可能性がある。

顰《しか》め面の顔を上に向け、ソファーに身を埋めていた村尾は突然、差し込むような腹痛に襲われた。顔を歪め、下腹部をなでると、少しおさまった。しかし、鈍痛は消えず、昔の記憶が鮮明に蘇った。

《そうだ。昔、似たような腹痛に苦しんだ時期があったな。あの時と同じ感じだ》

村尾が五年の支局勤務を終え、東京本社経済部に戻ったのは昭和五十年（一九七五年）春。通産省記者クラブで、キャップだった富島と出会い、持ち前の胡麻すりで滅私奉公、親分子分の関係を築いた。だが、村尾の記者としての能力が中レベル以下なことは誰の目にも明らかで、通産省クラブに半年もいれば経済部デスクの目はごまかしようもない。一年後には経済部失格の烙印を押され、他部に出す人事案が持ち上がった。富島が出身母体の旧日々政治部の先輩に働きかけ、政治部に異動になった。一年後のことだ。

政治部では官邸記者クラブに所属したが、鬼門のようなデスクの配下になってしまった。この時の人事では、経済部で富島が次長に昇進したが、政治部でも旧日々出身の政治部エースで、富島と同期の源田真一が順当に出世の階段を上った。源田は官邸記者クラブキャップからの昇格だったこともあり、官邸詰めの記者に対してはとりわけ厳しい姿勢で臨んだ。しかし、好き嫌いで部下への対応を変えるような人物ではなかった。当時、源田が次代の日亜を背負って立つと目されていたのはそのためだ。

源田の厳しさは記者をレベルアップさせようという純粋な熱意だった。だが、得てして能力のない記者の方は「なぜ俺だけが苛《いじ》められるんだ」と逆恨みしたりする。村尾は逆恨みこそはしなかったが、〝出社拒否症〟一歩手前の精神状況になってしまった。午前中に開かれる官房長官の記者会見をまともに原稿にできない村尾は会見当番のたびに、夕刊デスクが源田だと、厳しく叱責された。夕刊デスクが源田の時、村尾は朝起きると、腹痛を起こすようになった。マングースに睨まれたハブのようなものだったのだろう。

この時、官邸クラブの同僚として村尾を助けたのが現在、常務論説委員長で一年先輩の青羽岳人だった。村尾が鵠沼の自宅から高輪のマンションに住んでいた青羽に電話すると、面倒くさそうにしながらも、代わりに記者会見を処理してくれた。長官の会見は夕刊一面トップになるようなこともかなりある。取材の嫌いな青羽には、取材せずに目立った記事を書ける会見の処理は好都合だった。村尾と青羽の腐れ縁の始まりだった。

いずれにせよ、村尾が政治部でも評価されるような実績をあげられないのは明らかだった。村尾自身にも自覚があり、親分の富島に泣き付いた。富島の勧めで、ジャナ研へ出向、〝心身症〟にならずに済んだのだ。昭和五十二年春だった。

ジャナ研、日本ジャーナリズム研究所は日本報道協会の傘下にある研究機関である。協会は戦時中の大政翼賛報道への反省から終戦直後の昭和二十一年（一九四六年）に新聞、通信、放送の報道に携わる企業が言論・報道の自由や表現の自由を守るために設立した社団法人で、その理論武装をする組織として発足した。その研究員という肩書のステータスは高く、大都、国民、日亜の大手三社の記者たち、とりわけ、政治記者の間でキャリアパスのようにも捉えられ、希望して出向する者がほとんどだった。

位置づけが変わり始めたのは昭和五十年代に入ってからだ。報道協会はいわゆる業界団体でもあり、「定価販売」の義務付けを認める再販（再販売価格維持）制度など新聞業界の既得権益を守るための圧力団体的役割が重視され始めた。当然、出向を希望する優秀な政治記者は減り、記者として中レベル以下の村尾のような記者でも出向できたのだ。

《あの時の腹痛は出向した途端に治った。やっぱり、精神的なものだったんだな。ジャナ研の人気に陰りが出ていたから実現したが、あれから俺の人生に追い風が吹き始めた……》

村尾は鈍痛のする下腹部をなぜながら、追想を続けた。

《二人の女に出会い、露見せずに今も付き合いながら、ここまできた。もう、俺は怖いものなしなのに、なんでまた腹痛なんだ！》

村尾の苛立ちは募るばかりで、鈍痛も消えなかった。その時だ。

「ピンポン」

インターフォンが鳴り響いた。再び村尾に差し込むような腹痛が襲った。すぐにカギを回す音がした。由利菜が帰ってきたのだ。しかし、リビングからエントランスはみえない。

　エントランスから五《メートル》ほど廊下を進むと、左手にリビングのドアがある。その先で廊下は右に直角に曲がり、左手にベッドルームが二つ並んでいて、突き当りがメインのベッドルームだ。廊下の反対側はトイレやバスルームが配置されている。

　村尾を襲った腹痛が少し収まると、リビングのドアが開いた。そして、身長一五五《センチ》前後、痩せ型で丸顔、マッシュルームカットの髪型の由利菜が現れた。濃紺のスーツ、白いブラウスの出で立ちで、顔のメイクも決まっていた。

「あなた、やっぱり帰っていたのね」

　ソファーで顔を歪めている村尾を見つけると、由利菜はソファーの方に進んできた。肩にかけていたクリーム色のレディースビジネスバックを床に置くと、村尾の隣に座った。

「どうしたの？　どこか痛いの？」

　ブランデーグラスを取り上げ、グラスを転がしながら、隣の村尾に目をやった。

「急に腹が痛くなってね」

「いつから、そうなの？」

「ほんの五分くらい前からだ」

　グラスの中で転がしていたブランデーをなめるように飲み、しばらく由利菜は記憶の糸を辿った。そして、もう一度、村尾を見つめた。

「今まで、そんなこと、一度もなかったわよね。あなた、どこか、悪いんじゃないの？」

村尾は真顔で心配する由利菜に困惑した。

《由利菜に『君が原因だ』などと言えるわけないよ。困ったな》

村尾は内心、そう思い、由利菜の視線を避けるように目を瞑り
「大丈夫さ。間欠泉のような差し込みがあるが、すぐに治る。鈍痛は残るけど……」

と、消え入るような声を出した。この辺が村尾の本能なのだ。

「お医者さんに行くこともないと思っていいのね」

「そうさ。その必要はないよ」

「ならいいけど、今日の大都との合併交渉、うまくいかなかったの？」

昨晩、二人だけの〝閨房〟で由利菜の耳元で〝企業秘密〟を打ち明けていたのだが、村尾はそれを忘れていた。不意を突かれたような由利菜の質問にはっとした。

「いや、来年四月一日合併で決まったよ」

「新規媒体と海外展開はどうだったの？」

「それも、僕の考え通りになった」

「私にはちょっと不満だけど、あなたにはよかったじゃないの……。でも、お腹が痛いな

んて……。どうしたのかしらね」

首を傾げた由利菜はブランデーグラスをテーブルに置くと、村尾の下腹部に手を当てた。

「本当に心配いらないさ。それより昨日の話、考えてくれた？」

由利菜の優しげな素振りに、村尾は少し図に乗ってしまった。

「何？」

村尾の言葉にカチンときた由利菜は目を吊り上げた。

「〝ここに引っ越してくるな〟っていう話？　どうなの、その話なの？」

村尾はうろたえ、言葉が出なかった。そして、また、腹痛が走り、顔を歪めた。

「そんな顔をしても駄目。あなた、大したことないんでしょ。騙されないわよ」

「違うんだ。君、誤解だよ、誤解だよ」

村尾は肩に腕を回し、抱き寄せようとした。しかし、由利菜は村尾の腕を払いのけた。

「あなた、昨日と同じことをしようとしても駄目は駄目なの」

「そんなつもりじゃないよ」

昨晩、この話題になったとき、村尾は由利菜を抱き寄せ、ディープキスをした。そして、抱き抱えたまま、ベッドルームに連れて行き、二人は三年ぶりの情事に溺れた。しかし、一日経ってしまえば、由利菜がそんな村尾の手練に嵌《はま》るはずもなかった。

「誤魔化しても駄目！　今まではあなたのその場しのぎにお付き合いしてきたけど、もうそんなお遊びに付き合う気はないの」

「本当にそんなつもりはないんだ。君と別れるなんて考えたこともない。信じてよ、ね」

由利菜が矛を収めることはなかった。

「私がニューヨークに出るとき、戻ったらまた一緒に住むって約束したでしょ。もし、私たちが結婚していたらもうすぐ〝銀婚式〟を迎えるのよ。わかっている？　引っ越してくるなというなら、私にも考えがあるわ。手切れ金代わりに英字新聞を買収して私にやらせてもらうから。いいわね」

実は、村尾から〝企業秘密〟を打ち明けられた時、由利菜は「新規媒体の創刊より、海外展開を優先して！　私なら、英字新聞の運営、ちゃんとできるわよ」と、〝おねだり〟していたのだ。

「うっ」

村尾は唸ったまま、また二の句が継げなかった。

正社員にしてくれないなら結婚して！

二人の出会いは二十一年前に遡る。

村尾が経済部デスクに昇格したのは平成元年（一九八九年）春だった。当時、経済部長だった親分の富島の強力な推薦があったからだ。記者としての能力よりも事務処理能力の方が役立つデスクの仕事は村尾に向いていたが、実績が全くなく、記者としての能力に罰点のついている男が経済部を率いるようなデスクになれないのは端《はな》からわかっていた。

それを感じたかどうかはわからないが、村尾は自ら海外勤務を志願し経済部デスク昇格の一年後の九〇年春にロンドン支局の次長に異動になった。もちろん、富島の後ろ盾があったから、その希望も通ったのだが、その赴任地、ロンドンで由利菜と出会ったのである。

当時、二十七歳の由利菜は昭和三十八年（一九六三年）生まれで、村尾の十七歳年下だった。地方の国立大学経済学部を卒業した後、ロンドン大学大学院に留学した。背景には恋仲だった国立大学時代の先輩が大手金融機関のシティに設立した英国証券現地法人に勤務になったことがあった。そして、留学中に由利菜はその先輩と結婚した。

結婚したからと言って、由利菜はすんなり家庭に入るような女ではなかった。大学院を修了すると、平成二年（一九九〇年）秋に日亜ロンドン支局の現地採用の補助記者として働き始めた。採用を決めたのが半年前に次長として赴任してきた村尾だった。現地スタッフの採用が次長に任されていたからだ。文字通り採用面接が二人の出会いだった。

ロンドン支局には政治、金融、産業、社会の四分野を担当する記者がそれぞれ一～二名、合計六人いた。日本との時差の関係で、記者は午前中は原稿を書くため支局にいることが多かったが、午後は取材で外に出るのが普通だった。

彼らの原稿をチェックするのが支局長と次長の仕事だったが、支局長は現地の代表として社交的な会合へ出席するなど、外出の機会が頻繁にあった。だが、次長は、内勤として記者に頼まれた調査や通信社電のチェックなどが仕事の補助記者と一緒に一日中、支局にいるのが普通だった。

村尾が由利菜を籠絡《ろうらく》するのは時間の問題だった。半年も経たないうちに二人は深い仲になった。東京本社時代のから夫人と別居生活を始めた村尾はロンドン勤務も単身赴任だった。二人は村尾の居宅で密会を重ねた。

補助記者として働き始めて一年半後の九二年春に由利菜の夫が日本に帰国した。大手金融機関の本店転勤になったのだ。村尾との〝不倫〟がばれたわけではないが、夫との関係がぎくしゃくし始めていた。そんなこともあり、由利菜はロンドンに残り、仕事を続けた。そして、村尾と事実上の同棲を始めることになった。もし、この時に結婚したと仮定すれば、来年春に〝銀婚式〟を迎えることになるのは由利菜の言う通りだった。

由利菜の剣幕に村尾はたじろいだ。ソファーに埋めていた身を起こし、テーブルのブランデーグラスを取っただけで、すぐには言葉が出なかった。

「〝銀婚式〟ね。もうそんなになるかな……」

村尾はようやくぼそっと口を開いた。

「そうよ。ロンドン時代も含めればね。でも、当時はあなただけじゃなく、私も不倫だったわ。私が離婚したのは正社員になって一年後だから……」

「そうだったな……」

村尾はブランデーグラスをまたテーブルに置き、天井を仰いだ。

平成五年（一九九三年）春だった。同棲生活を始めて一年が経過していた。村尾はロンドン勤務が満三年を迎え、東京本社に戻った。戻り先は内閣支持率や政党支持率を調査する世論調査室だった。政治部内の課のような位置づけで、室長と次長は政治部出身者の指定席だった。室長は待命ポストだったが、次長は政治部次長として使えない記者を処遇するための職位だった。

村尾がそれにめげるようなことはなかった。元々、村尾はジャーナリストとして名を成そうなどという気はさらさらなかったが、サラリーマンとして出世はしたかった。それには世論調査室次長は〝大満足〟のポストだった。破格の扱いでロンドン支局次長として赴任が決まった時から、親分の富島にぴったりついて滅私奉公すれば、役員までは出世できると思い始めていた。世論調査室次長はその延長線上にあるキャリアパスだった。

村尾は〝女誑《たら》し〟だったが、〝ドンファン〟にはなりきれなかった。サラリーマンとしての出世欲が邪魔したのだ。由利菜との同棲をロンドン時代の楽しい思い出として、切り捨てる気だった。東京に戻れば別の女をゲットする自信もあった。だが、日本に帰国する際、由利菜に妻との離婚か、正社員の記者としての採用か、どちらかを迫られた。

そうなると、〝由利菜とハイさよなら〟とはいかなくなる。妻との離婚が無理な以上、由利菜の希望を聞き入れ、動く以外に選択肢はなかった。当時はまだ、日亜も堕落が始まったくらいのところで、〝不倫〟が表沙汰になれば、折角、出世の道のとば口にたどり着いたのに、水泡に帰す可能性が強かった。

村尾は着任すると、すぐに由利菜を正社員として入社させるべく動き出した。帰国から約半年後の九三年秋、情実入社は実現した。由利菜は富島の率いる経済部に配属となり、通産省記者クラブで日本での記者活動を始めた。


由利菜は天井を見つめて何も言わない村尾に業を煮やした。

「あなた、なんで黙っているの？　また、おなかが痛くなったの？」

「そんなことないさ。ちょっと、昔のことを思い出していただけだよ」

「何を思い出していたの？」

「君をうちに入社させた頃のことだよ」

「あのとき、私、あなたに『日亜の正社員にしてくれないなら結婚して』って言ったのよね。あなたが動いてくれて、正社員にしてくれた。そのことは感謝しているわ」

「そうだろう。これまで、僕は君の希望することを大体、叶えてきているじゃないの。ニューヨーク特派員で出すんだって、君の希望だったじゃないの？」

「それは違うわ。以前にベッドの中で『どこかの特派員もやってみたい』って言ったことはあるかもしれない。ずっと〝同棲〟しているんだから。でも、ニューヨークはあなたの都合でしょ。嘘つかないで」

また激昂しそうになった由利菜を見て、村尾は慌てた。

「誤解だよ、それは。誤解しないで、お願いだ。夢にも思わなかった社長になることになって、スキャンダルになるのを心配した僕の都合だ。御免よ。僕が悪かった」

「そうでしょ。だから、私、何も言わずにニューヨークに行ったんじゃないの」

「わかっているさ。だから、誤解しないでよ。今度だって、別れようと言っているんじゃないんだ。どっちにしろ、近所なんだから、お互いに気が向いたときに行き来しようと言っているだけだよ。お互いにもう年じゃないか」

由利菜の怒りが少し収まったのを見て、村尾が切り出したが、けんもほろろだった。

「駄目よ。それは駄目。何度も同じことを言わせないで。今週木曜日か金曜日にニューヨークから荷物が着くの。そしたら、ここに運び込むわ。いいわね」

「わかった。それでいいよ」

「わかればいいの」

由利菜は矛を収めると、腕時計をみた。

「もう十一時半ね。明日朝、閣議後の会見があるから、今日は私のマンションに帰るわ」

由利菜は帰国後、経済部の内政グループのキャップというポストを与えられた。国交、農水、厚労三省詰めの記者を束ねる役割で、国交省に席を置いていた。その日は月曜日で、閣議は毎週火曜日と金曜日にあった。国会開会中は午前九時から開くのが普通だった。

「閣議後の会見に出るの？　そんな必要ないよ」

「どうして？」

「今はキャップだけど、二、三カ月後に君はデスクに昇格するんだからね」

「それは知っているけど、先週末から官邸クラブとか政治部関係のクラブに挨拶に行ったわ。短くてもちゃんとやる方がいいじゃない？　そうしないとあなたも困るでしょ」

由利菜はリビングルームのドアのところまで行き、また振り向いた。

「でも、このマンション、どうして借りたの？　前の神楽坂はベッドルームが二つだったでしょ。ここは三つあるじゃない？　二つで十分でしょ」

ソファーに座ったまま身を起こして目で由利菜を追っていた村尾はドキッとした。しかし、由利菜は村尾の顔色の微妙な変化に気づくことなく、続けた。

「一つは私の部屋にするけど、もう一部屋をどうするかな……。週末までに考えておきましょ。ニューヨークからの荷物を運びこむ日が決まったら連絡するわ。私のマンションの方も片付けたりしないといけないから、今週はもう来ないかも……」

「わかったよ。夜は午後九時頃には帰っている。いつ来てもいいさ」

「じゃ、そんな気になったらね」

少し微笑んだ由利菜がリビングルームを出て行ってしまうと、村尾は立ち上がり、玄関のドアが開閉する音が聞こえるのを待った。そして、ベッドルームに向かった。

〝愛人〟記者は夜と朝はどこにいるかわからない

村尾はかすかに閨事の残り香が漂うダブルベッドに寝ころんだ。差し込むような腹痛の起きる間隔は長くなり、鈍痛も少しずつ和らいできた。

《やっぱり、由利菜が腹痛の原因だな。あの頃と同じだ……》

村尾はため息をつき、目を瞑《つむ》った。由利菜を入社させた頃の記憶の続きを呼び覚ました。

《俺は由利菜が採用されない方がよかった》

元号が昭和から平成に変わった頃から新聞業界では女性記者を情実で入社させる動きが散見されはじめた。大都が帰国子女の花井香也子、洞口彩子の二人を情実入社させ、密かに話題になっていた。日亜にはそうした情実入社はなかったが、村尾が編集局次長兼務の経済部長となって出世街道を邁進していた富島に持ちかけると、すんなり決まった。由利菜は帰国子女ではなかったが、ロンドン大学大学院に留学するだけの語学力があるのが決め手だった。

富島は親しくしていた大都の松野が彩子を情実入社させたことを聞いていた。だから、何の抵抗感もなかった。

村尾の〝本音〟に反し、情実入社すれば、不倫の復活は自然の成り行きだった。

《ロンドンから戻って鵠沼の自宅に帰っていれば、違った展開になったかもしれない。でも、もう帰れる雰囲気ではなかった。あの頃、俺はそれを喜んでいた……》

元々、村尾が都内の賃貸マンションを借りて妻と別居したのは、政治記者や経済記者は夜回りや朝駆けが日常茶飯事で、鵠沼では夜に寝る間もなくなってしまうと、泣きついた。妻は平日の別居を容認したが、村尾に別の下心があることは薄々感じてはいた。女には一緒に暮らす自分の相手がどんな男か、察知する動物的な勘が働くからだ。

妻にも打算があった。多少、女性問題を起こしても、村尾が着実に出世してくれるなら、それでいい、という気持ちがあったのだ。しかも、鵠沼の自宅は自分の実家の隣に建てており、実家で母と一緒に華道教室を開いていた。〝別居〟が長くなれば、村尾が居ようが居まいが、どうでもよくなってくる。〝別居〟中に不倫がばれたりすればなおさらだった。

《あの事件がなかったら、俺もこんなに自由に女と付き合えなかった》

村尾が広尾の賃貸マンションで〝別居〟を始めたのは昭和五十六年（八一年）夏だった。

三カ月もしないうちに、一人の女性との不倫が発覚、大騒動になった。
〝別居〟を始めた当座は村尾も週末は鵠沼に帰っていたし、平日に妻がマンションに掃除にきたりしていた。だが、不倫がばれたことで、妻の気持ちは徐々に離れて行った。そして、妻は村尾に子供はつくれないと確信していたので、絶対に離婚にだけは応じないと心に決め、村尾がどんな女性と付き合おうが、無関心を装うことにしたのだ。
村尾がロンドン勤務になっても、妻は実家でやっている華道教室を理由に付いていかなかった。帰ってきても、鵠沼の自宅に迎えるつもりはさらさらなかった。いつでも女をたらしこむ自信のあった村尾には、その妻の態度は内心ありがたいことだった。
《日亜社内で〝別居〟がばれるのが心配だったけど、それは杞憂だった。これも妻に感謝しないといけないな》
〝別居〟していても、自宅住所を鵠沼で押し通せば、疑念は持たれても、言い逃れはいくらでもできた。幸い、妻は絶対に離婚する気がなかったので、文句は言わなかったし、郵便物などは黙って転送してくれた。
《都内でマンションを借りたから、由利菜を入社させれば、〝同棲〟を続ける以外になかった。それはわかっていたんだが……》
ロンドンから帰国した村尾は、市谷仲之町の賃貸マンションを借りた。都営地下鉄新宿線の曙橋駅から徒歩五分ほどのところだった。家賃が安いうえ、女としけこむのに目立たない場所で、東京駅周辺にタクシーで十五分圏内という条件にもぴったりだった。

思惑違いだったのは、世論調査室次長というポストがタイムカード職場と同じで、記者時代のように自由が利かないことだった。午前十時から午後六時頃まで、本社に拘束されるので、新しい女と関係を築くにしても、社内の女しかいなかった。〝ドンファン〟を自認する村尾にとって、社内の女をゲットするのは美学に反したし、リスクも大きかった。結局、東京に戻って三カ月経っても、新しい女は見つからなかった。

そんな時、由利菜の正社員採用が決まった。富島に頼んだという痕跡が大事なだけだったが、その思惑が外れた以上、由利菜と同棲しながら時々社内の若い女を〝摘み食い〟すればいい、と勝手に夢想した。

《由利菜が入社した時、確か彼女はまだ離婚していなかったな。それなのに、あいつ、ロンドンから俺のところに荷物を送りつけてきた。最初から強引だったな》

由利菜が入社して通産省記者クラブに配属になったのは九三年十月で、村尾の帰国から七カ月後だった。当時、由利菜は大学時代の先輩と離婚していなかった。その先輩は一年半前に東京勤務になっており、日亜記者として東京で仕事をする以上、同居するのが普通だ。だが、妹の賃貸マンションに一緒に暮らすことにして、その早稲田の住所を登録した。

由利菜は妹のマンションにも同居したわけではなかった。自分の電話をそこに設置しただけで、そこに帰ることはほとんどなかった。実際は村尾の借りた市谷仲之町のマンションで〝同棲〟したのである。

実は由利菜が妹のマンションを住所に登録したのは市谷仲之町が通り道になったからだ。夜の帰宅の際、新聞記者はハイヤーやタクシーを使うことが多いが、いつも自分の自宅と全く違うところに帰るのはまずい。しかし、早稲田へ向かう通り道なら途中で理由をつけて降りてしまえば、疑念を持たれる心配はなかった。

《確か、彼女が離婚したのは九四年年春だった。それから一年近くたった頃、困ったことが起きたんだ》

由利菜は帰国すると、すぐに夫との間で離婚の話し合いに入り、半年後に協議離婚が成立した。彼女が。通産省記者クラブに所属したのは一年で、九四年秋から日銀記者クラブに所属、マーケット取材を担当することになった。それが原因だった。配置替えから三カ月後の平成七年（九五年）初めだった。

《『芳岡記者は自宅に住んでいないんじゃないか』という噂が経済部で流れていると聞いたんだ。あのときは冷や汗をかいた》

通産省クラブ詰めの時は、女性記者に遠慮したのか、キャップが〝自宅〟に電話してくることはなく、ポケベルを鳴らすくらいだった。噂が出たのは日銀クラブでマーケット取材の担当になってからだだった。欧米市場が開くのが日本時間の夜で、キャップやサブキャップが深夜や早朝に由利菜の〝自宅〟に電話で情報を伝えることが多くなった。しかし、〝自宅〟に電話しても、いつも留守電になっていた。由利菜に情報を伝えるにはポケベルで呼び出す以外に方法がなかった。しばらくすると、日銀記者クラブの記者の間で「芳岡記者は夜と朝はどこにいるかわからない」という噂が広まり出した。

《彼女に自分マンションを買わせたのが正解だったな。噂は自然に消えていった……》

同棲がばれるのを恐れた村尾が自分の借りている市谷仲之町のマンションの近所にマンションを借りるか、買うか、するように勧めた。由利菜の方も、結婚しないで同棲生活を続けるなら、自分のマンションを持っている方がいい、と思ったのだろう。村尾に頭金の半分を出させ、隣の市ヶ谷左内坂の中古マンションを買ったのである。九五年春のことだ。以来、二人の同棲生活は仲之町の村尾の賃貸マンションと左内坂の由利菜のマンションを行ったり来たりして続くことになったのである。

《由利菜が自分のマンションを買ってから四年間は平穏だったな。土日には市ヶ谷や神楽坂で二人揃って食事をしたりした。一回だけ、日亜の記者と出会ったことがあったけど、ちょっと噂になっただけで済んだ》

同棲生活は平成十一年（九九年）春までの四年間続いたが、村尾の名古屋転勤で途切れてしまい、二年間は遠距離恋愛ならぬ〝遠距離同棲〟となった。これを機に由利菜と別れることはできたが、そうならなかった。由利菜がある意味で〝あげまん〟だったからだ。

当時、親分の富島と同期で次期社長の本命だった源田が体調を崩し、次期社長に富島の芽が出てきた。しかも、村尾は富島の子分として着実に出世の階段を上りはじめていた。

《名古屋に転勤になった時、彼女と別れる二度目のチャンスだった。でも、あの時はようやく出世コースに乗ったと確信できた時だった……》

村尾は世論調査室次長を一年務めた。しかし、その後のコースの政治部次長はもちろん、政治分野の編集委員や論説委員を務める能力はなかった。富島の力を持ってしても、経済部次長にすることも無理だった。このため、富島自身が主導して新設した「マーケット経済情報部」のデスクにはめ込んだ。九四年春のことだ。

「マーケット経済情報部」は時々刻々の情報を求めるマーケット関係者をターゲットに編集局に集まる情報を取捨選択していち早く情報端末向けに流すセクションで、ネット時代突入で役割を増した。これも村尾にとっては幸運だった。「マーケット経済情報部」では取材力や記事を書く能力は求められない。ある意味で、村尾が『水を得た魚』になれる部署だった。実際、事務処理能力を認められ、二年後には二代目部長に起用された。

三年間部長を務めると、村尾は九九年春に名古屋本社副代表という肩書で転勤した。常務名古屋本社代表だった富島が引っ張ったのだが、それは局長、役員待ちのポストで、将来は悪くても子会社の社長として経営に関わり続けることが約束されたようなものだった。

大新聞社長は一人の女じゃ満足できない

《由利菜と別れたら、幸運の女神が逃げてしまうんじゃないか、不安だった》

だからといって、自分が社長になれるかもしれないなど、期待するほど、村尾はおめでたくはなかった。役員になれれば〝御の字〟だったのだ。もし源田が次期社長の本命のままだったら、村尾がボードメンバーに入ることなど、夢のまた夢だった。

《どっちにしても名古屋と東京の間で〝遠距離同棲〟を続けたのは正解だった》

まさに由利菜は〝あげまん〟だった。名古屋転勤で袖にして別の女に走れば、長年の女性遍歴がばれるかもしれなかった。由利菜との関係は社内で噂はくすぶり続けたが、記者としてあまりに〝小物〟とみられていたこともあり、週刊誌が取り上げることもなかった。

出世の方は、思惑通り、順調に駒を進めた。村尾が名古屋に転勤して一年後の平成十二年（二〇〇〇年）六月に富島は専務に昇格、大阪本社代表となったが、村尾はもう一年、名古屋に残った。そして、富島が〇一年六月に副社長に昇格、大阪から東京に戻るのと同時に、村尾も名古屋生活二年で東京に戻り、広告局長に取り立てられた。富島が社長に就いた〇三年六月には晴れて役員になった。後はとんとん拍子で、広告担当常務、常務電子情報本部長、社長になる直前は電子情報本部担当専務だった。

名古屋から戻ったのは〇一年春、村尾は賃貸マンションも日亜役員にふさわしいところにしなければならない、と考えた。選んだのが「シスレー・ハウス神楽坂」だった。名古屋転勤前の市谷仲之町は八〇平米の広さだったが、今度のマンションは一〇〇平米の広さで、ベッドルームも二つあった。由利菜は喜び、その一つを自分の部屋にして左内坂の自分のマンションにはほとんど帰らなくなってしまった。

《俺のように一人の女に満足できない男はマンネリが一番だめなんだ。彼女が煩わしい気持ちはだんだん嵩じてきた。でも、〝新しい女〟を見つけたくても動きにくい。〝摘み食い〟も時たましかできなかったな。誰にも関心をもたれなかった記者時代が懐かしく思えたけど、出世と天秤にかけたら、仕方なかった。鬱々とした気分になりかけた時だな》

電子情報本部担当専務だった平成二十年（〇八年）初め、〝サラ金報道自粛密約事件〟と〝取材メモねつ造事件〟が明るみに出た。村尾の二年先輩で、社長の本命だった正田専務（現日々テレビ社長）が〝ねつ造事件〟で、富島とともに引責辞任に追い込まれた。そして、村尾に想像だにしなかった社長ポストが転がり込んだのだ。

富島は後任に村尾を指名することを決めた時、村尾に女性問題を身綺麗にしろ、と命じた。慌てた村尾が由利菜との関係を打ち明けた。富島の出した結論が由利菜を海外に出し、隔離する案だった。村尾はその案に飛びつき、由利菜のニューヨーク特派員が決まったのだ。社長昇格の二カ月前が定期異動だったのも幸運だった。

《俺が社長になるなんて〝瓢箪から駒〟以外の何もでもなかった。でも、あの時、俺は少しほっとした。彼女と別れられる、と思ったんだ。三回目のチャンスだったな》

由利菜は特派員として転勤する時、当然、村尾が社長に昇格することを知っていた。だから、「なぜ急にニューヨーク特派員になるの？」とか聞くことはなかった。しかし、村尾と別れる最後の晩、由利菜はベッドのなかで「戻ってきたら、また一緒に住もうね」と耳元でささやいた。村尾は「もちろんさ。俺もそのつもりだよ」と答えたが、村尾は由利菜がニューヨークいる間に他に女を作ればいいと、安易に考えていた。

しかし、社長になってしまうと、これまで以上に女を作るのは簡単ではなかった。終日、監視されているようなもので、自由がきかない。〝水商売〟ならすぐにでもたらしこめたが、〝水商売〟は嫌だった。

《学生時代からいつも俺の傍には女がいた。由利菜がニューヨークに転勤して一カ月も経つと、我慢できなくなった。それで、〝昔の彼女〟に声を掛けた。そうしたら、週一回か二回は俺のマンションに来て泊まるようになったんだ》

〝ドンファン〟にはプライドがある。いくら〝日照り〟が続いても〝水商売〟の女には逃げ込まない。それが〝美学〟なのだ。いくら〝美学〟でも、〝日照り〟続きには耐えられない。それが村尾のような〝ドンファン〟の性である。

〝昔の彼女〟というのは日本ジャーナリズム研究所会長秘書の杉田玲子である。由利菜の前の愛人だ。上背が一六〇センチ前後、少し大柄だったが、清楚な雰囲気の美人だった。

玲子は昭和三十四年（一九五九年）生まれで、村尾より十三歳年下、由利菜の四歳年上だった。昭和五十六年にジャナ研に入社、大手新聞三社の若手記者とジャーナリズム研究所勤務の女性職員の合コンで村尾と知り合った。

村尾がジャナ研に出向していたのは昭和五十二年（一九七七年）春から三年だ。玲子の入社する一年前（八〇年春）に日亜に戻っていたが、戻った後も二年間、合コンの幹事を続けた。このため、月に一回開かれていた合コンには必ず出席、新人職員として参加した玲子を見初めたのだ。

村尾にとって女子大を卒業したばかりの二十二歳の女を落とすことなどお手の物だった。

半年も経たないうち、合コンの席で出会うと、一時間もすると村尾が玲子に目配せし、用事があるとか言って別々に退席した。そして、二人でラブホテルにしけこむようになった。

もちろん、合コンに出席している連中には「二人ができている」とわかったが、お互い、下心があって出席していることもあり、仲間内で時たま話題になるくらいだった。若い記者の不倫など、世間を騒がせるトラブルにならない限り、日常茶飯事で話題性もなかった。

《玲子は都合のいい女で、〝ドンファン〟としては名折れだけど、リスクはなかったな》

村尾が九〇年春にロンドンに転勤するまでの約九年間、二人の関係は続いた。最初は村尾が借りた広尾の賃貸マンションに玲子が時々訪れて密かに逢瀬を楽しむ関係だった。妻との関係がぎくしゃくし始めた頃で、村尾が妻の目を気にしていたためだった。しかし、時が経つにつれ、妻との関係は冷え切り、玲子が広尾のマンションを訪れる頻度も増えた。それでも、同棲はしなかった。玲子が都内の実家からジャナ研に通っていたからだ。

それに、玲子の淡白な性格も関係していたのかもしれない。村尾がロンドンに旅立つ時、玲子は「東京に帰ってきた時、連絡してね」と言っただけだった。ロンドンから帰国した九三年春以降も、村尾に呼ばれて二回、市谷仲之町のマンションに訪ねてきただけだった。半年後に新しい愛人、由利菜が仲之町におしかけ、〝同棲生活〟を始めると、玲子との関係は〝織姫星と夏彦星〟のような関係になった。

《元々、俺は一人の女とずっと一緒というのは嫌なんだ》

由利菜との〝同棲生活〟に倦《あぐ》むと、村尾は玲子を呼び出した。玲子は何も言わずに、村尾と一夜をともにした。しかし、その逢瀬は由利菜に悟られるわけにはいかない。玲子は村尾のような男にとって、欲しい時だけ会えばいい、都合の良い女で、村尾は「玲子は俺にべた惚れだ」と信じ込んでいた。

〇八年春に由利菜がニューヨーク特派員になると、焼け木杭《ぼっくい》に火が付くように、女なしには生きられない村尾の方が燃え盛った。四十九歳の玲子はすでに実家から独立し、かつて村尾との逢瀬を楽しんだ広尾にマンションを購入、一人暮らしをしていた。だから、村尾に言われるままに神楽坂の高級賃貸マンションで半同棲生活を送ることになったのだ。

《俺が玲子にもう一緒に住むのを止めようといえば、黙って出ていくのはわかっていた。でも、そこにまたニューヨークから戻る由利菜が入れば、大騒ぎになる……》

表向き、村尾は神楽坂から引っ越す理由について「社長ポストにふさわしいところに住むため」と説明していた。しかし、本当は、帰国する由利菜に玲子との関係を悟られないようにしたかった。選んだのがシスレー・タワー二番町のペントハウスだった。ベッドルームが三つあり、村尾は内心、二人と寝るベッドルームを別々にできる、と思ったのだ。

《俺は社長だ。二人の女との関係がばれれば、大スキャンダルになる。以前とは違う》

記者としての実績が全くなくても、村尾は業界第三位の大手新聞社長である。以前は話題性に乏しかったが、社長になった今は週刊誌なども取り上げる可能性がある。

玲子との関係は日亜社内でも知っている者は皆無に近かったが、由利菜との関係は公然の秘密に近かった。だから、村尾は引っ越しを機に、〝同棲〟は止めようと思っていた。実際に、村尾が二番町に引っ越すと、玲子は荷物を自分の広尾のマンションに移した。

「気が向いたら私のところに来てもいいわよ」

玲子はそう言っただけで、新しいマンションを見たいとも言わなかった。その時、村尾は「残るは帰国した由利菜を宥《なだ》めればいいんだ」と自分に言い聞かせた。しかし、それが厄介なことは本能的に感じていた。

玲子は物静かな印象を与えるが、黙って微笑んでいることが多く、腹の底で何を思っているのか、わからないところがある。よくいえば〝神秘性〟のある女となるが、取材力のある記者なら、心の内を読もうとして、注意深く付き合うはずだ。

村尾はそうした能力に欠けており、単純にその〝神秘性〟に惹かれていた。しかも、何も言わずに微笑んでいることを理由に勝手に〝俺にぞっこんだ〟と思い込んでいる。

由利菜も日亜社内では口数が少なく、おとなしい記者とみられている。だが、男女の仲になった相手には言いたいことをはっきり言うタイプで、悪く言えば〝我儘《わがまま》な女〟なのだ。

由利菜となかなか別れられないのはそこに惚れているためでもあったのだが、村尾が「由利菜は厄介でも裏表がなく、警戒する必要がない」と思うことはなかった。

《とにかく、問題は由利菜だ。今の調子なら、由利菜がニューヨークの荷物を運びこむのは止めようもない。そうなると、厄介だ……》

ベッドに寝転び、追想にふけっていた村尾に再び、差し込むような腹痛が襲った。

「イテッテテ」

村尾は顔を顰《しか》め、呻き声を発した。しばらく腹部を自分でさすっていると、痛みは遠ざかり、再び村尾は追想の世界に戻っていた。

《玲子とのことは噂になったことすらない。だから、仮に同棲を続けても心配はいらなかった。でも、由利菜との関係は社内でも周知なことになりつつある。過去に三回、ヒヤリとしたことがあったしな……》

肝を冷やした一度目は九〇年代の半ばころだった。二人で神楽坂を歩いていた時で、経済部の若い記者に出くわしたのだ。二度目は名古屋時代だ。由利菜がタクシーで追突されて入院、村尾が見舞いに行ったら、同じ記者クラブの同僚と出くわした。ドキッとしたけど、大した噂にはならなかった。一番心配したのは社長になる直前に由利菜との関係を詳細に書かれた怪文書がばらまかれた時だ。由利菜がすでに日本にいなかったのが幸いし、ゲシュタポを使ってマスコミを脅しまくったことで、事なきを得た。
《由利菜を後一年か二年ニューヨークに置いておければよかったが、いくら社長でも特派員は三年勤務という慣行を破れない。彼女が帰ってきた以上、仕方ない。でも、今までうまく乗り切ってきた。そう、心配してもはじまらないぞ……》
そう自分に言い聞かせると、村尾の脳裏から由利菜と玲子の面影が次第に遠ざかって行った。そして、睡魔に襲われ、そのまま寝込んでしまった。

第五章

大虚報でも〝キャリア組〟

――仕事が出来ない奴ほど出世する新聞業界

〝引きこもり社長〟は〝別居不倫〟をあきらめ、荷物を運び込む愛人のお手伝い

時折、小雪の舞う肌寒い曇天だった前日とうって変り、その日は朝から晴れ上がり、春先らしい三月上旬の一日だった。日亜社長の村尾が大都社長の松野と合併で合意した割烹「美松」での会食を終え帰宅した時に腹痛に襲われてから八日目だった。

腹痛こそ起きなかったものの、気分は月曜日同様に晴れないままだった。芳岡由利菜の帰国がすべての原因だった。由利菜がニューヨークから船便で送りつけた荷物をペントハウスに運び込んだのは三日前の土曜日午後だった。〝別居不倫〟をあきらめた村尾は土日とも自宅にいて、荷物の運び込みと整理を手伝った。由利菜は上機嫌で、二日間とも夕方には四ツ谷駅周辺で夕食を共にした。

村尾は猜疑心の人一倍強い男だ。夕食を共にするとき、マンションを一緒に出るようなことはしない。村尾が先に出て店を選び、その近所から由利菜の携帯に連絡、呼び出す、

ことになっていた。この二日間も同様だった。もちろん、帰りもバラバラにする。土曜日は由利菜が自分の自宅の片付けが残っているとかで、市谷左内町の自分のマンションに帰ったので、手の込んだことはしなかった。しかし、日曜日は由利菜が先にペントハウスに戻り、村尾は麴町周辺を散歩して三十分ほど後に帰宅した。

いずれにせよ、この二日間、村尾がスキャンダルの露見につながると恐れるような異変を感じることはなかった。安心した二人は日曜日の夜はベッドを共にした。村尾が〝別居不倫〟をおくびにも出さなかったこともあり、帰国後二度目の逢瀬を満喫した風情だった。

月曜日、つまり前日の朝、由利菜は午前九時半にペントハウスを出た。内政グループのキャップという立場は通常なら午前十時半から午前十一時半くらいの間に記者クラブに出る。午前十時頃を目安に出勤する村尾より遅くペントハウスを出ればいいのだが、帰国早々ということもあり、由利菜はしばらくの間は午前十時前に記者クラブに出ることにしていた。出がけに村尾に「今週は左内町には帰らないつもり。それでいいわね」と念押しした。

それが村尾を鬱屈とした気分にさせたのだ。

村尾が「美松」の硝子戸を開けたのは午後四時四十五分だった。

松野と合併で基本合意した際、大都、日亜両社の取締役編集局長の北川と小山の二人に対し、合併後に経済情報に特化した、ネットと紙媒体をセットにした新媒体を創刊する方針を示し、具体策を検討するよう指示した。その時は、一週間後の前日に「美松」に集まり、検討の途中経過結果を報告させることになっていたが、予想通り、松野が電話で打ち合わせを一日遅らせ、火曜日にしたいと言ってきて変更になったのだ。

村尾は〝引きこもり社長〟と陰口を叩かれているだけに、週一回金曜日の経営会議、月末一回の役員会には出席するが、来客は必要最小限しか受け付けず、社内の報告も側近を通じて聞き、指示を出すのが原則だ。当然、社長室に一人きりの時間が長く、その時は大抵、パソコンのトランプゲームをやっている。

世間は、大新聞社長なら自社のサイトをみるのはもちろん、他社のサイトも頻繁にチェックし、日々のニュースに目を光らせているのだろう、と想像する。言論報道機関の使命を考えれば、それがあってしかるべき姿であるが、現実はそうではない。トランプゲームに熱中する村尾も、新聞などろくに読まず、社長室のＣＤプレーヤーで演歌に聞き入り、社長車では十八番の演歌を唸る大都社長の松野と大差ない。二人は同じ穴の狢《むじな》なのである。

しかし、この日の村尾の行動は普段と同じではなかった。普段より遅めの午前一〇時半過ぎに出勤すると、秘書に余程緊急でない限り、部屋に入るなと、くぎを刺し、社長室に一人こもった。いつも以上にゲームに熱中することで、自分の脳裏に由利菜が浮かばないようにしたいという、無意識が働いていた。

それでも、一度だけ携帯電話が鳴った。小山からだった。案の定、宿題になっていた新媒体の構想が煮詰まらなかった、という報告だった。小山はしきりに〝宿題〟ができなかったことを詫びたが、村尾は気にも留めなかった。それは想定済みのことだったからだ。携帯電話を耳に当てながら、パソコンのトランプゲームの手を止めることすらなかった。

小山から電話があったのは午後三時前で、ほんの数分、話しただけで、その後も村尾はトランプゲームをやり続けた。

ゲームに熱中していれば、頭の中は空っぽになる。

実際、怒り心頭の由利菜の面影が浮かぶことはなく、腹痛も起きなかった。幻影におびえた村尾は松野との約束時間は午後五時だったが、四時半前には本社を出た。

老女将が案内したのは先週月曜日と同じ一階奥の座敷だった。当然、松野はまだ来ていなかった。前回同様、村尾は床の間を背にした右奥の席を空け、左側の奥に座った。お茶を運んできた老女将が部屋を出て行くと、お茶を一口啜《すす》った。

《どうしてかな。もう二人で話すことはないはずだが……》

松野が日程を一日繰り延べる連絡をしてきた時、食事は午後六時からだが、村尾にだけ一時間前に来てくれと言った。会合で、新媒体構想について報告する北川と小山の二人を呼ぶ時間は午後六時を変えなかった。
《一週間くらいで、新媒体の構想が具体化できるはずはない。先輩だってわかっていたはずだ。だから、今日は合併後を睨んでお互いの秘密を共有する懇親会だと思っていた》
村尾は松野の意図がなんなのか思案したが、思い当たることはなく、少しイライラし始めた時、入口の硝子戸が開いた。午後五時ちょうどだった。

「待たせたかな」

松野が部屋に入ってきて、奥の席にどっかり腰を下ろした。

「十五分ほど早く着いただけですよ。勝手に早く来たんだから気にしないでください」

「そうか。それならいい。おい、女将、一時間、二人きりで話がある。お茶を持ってきてくれたら、あとは構わないでくれ」

老女将が部屋を出ると、村尾が切り出した。

「二人だけで話があるって、何ですか。合併では先週月曜日に基本合意しているし……」

「まあ、待て。お茶がきたら話すから。ちょっとした〝身体検査〟をしようと思ってな」

「え、〝身体検査〟？　なんですか、それ」

村尾が怪訝な顔をして身を乗り出すと、引き戸が開いた。老女将は卓袱台の二人の前に茶碗を置くと、「ごゆっくり」と言って出た。松野はお茶に口をつけ、話し始めた。

「組閣人事の時〝身体検査〟が済んでいるとか、済んでいないとか言われるだろ。あれだよ。合併するんだから、お互いに身綺麗じゃなきゃいかんだろ?」

「え、身綺麗? そんなこと、するんですか。だって、〝二つのS〟(〝シークレット=秘密=、スキャンダル=醜聞〟)はお互い様でしょう」

「勘違いするな。村尾君、それは君や俺個人の問題だろ。俺が言っているのは会社の〝身体検査〟をしておきたい、ということだ」

「会社の〝身体検査〟ですか。……一体、なにをやるんですか」

「鈍いな。常々〝KY〟(〝器用で要領のいい奴〟)って言っているんじゃないのか」

「先輩、そんなにいじめないでください。昨日から体調が悪いんです」

「わかった、わかった」

松野はニンマリして続けた。

「つまりな、日亜の財務内容に嘘はないだろうな、ということだ。合併したら『こんな損が先送りされていました』なんてことがあっては俺の立場がなくなる」

「ひどいですよ。先輩、僕を信用できないんですか」

哀願口調だった村尾が表情を変えた。

「そりゃ、君のことは信用しているさ。でもな、気になることがあったら、お互いに確認しておいた方がいいじゃないか」

「それはそうですけど、一体、先輩は何を確認したいんですか」

「君のところな、リーマンショックの後に、デリバティブ（金融派生商品）で大損したという噂が流れただろう。損失は五百億円程度になると言われていたけど、しばらくしたら、噂は立ち消えになった。一体、どういうことかと思ってな」

「その話ですか。ご心配無用です」

「根も葉もない噂だったのか」

「根も葉もないということはないです。でも、損失は五百億円なんて金額じゃありません。多くても二百億円くらいかな。それに、うち本体の損じゃありません。子会社のです。日亜経済出版社が財テクで失敗したんです」

デリバティブで失敗した子会社の大損は平気で隠ぺい

村尾は子会社の名前を明らかにしたうえで、日亜経済出版社を設立した経緯を説明した。

昭和四十五年（一九七〇年）に日々と亜細亜経済が合併して日亜が発足した際、亜細亜の出版部門を子会社として独立させた。それが日亜経済出版社だ。

合併前の旧亜細亜の出版部門は経済書の出版では定評があり、経済書専業の出版社の最大手クラスの売り上げ規模を誇っていた。このため、合併後に社名から「経済」が外れることもあり、独立させたのだが、旧日々の出版部門は合併後も「日亜新聞社出版局」として残った。一般書は本体、経済書は日亜経済出版という棲み分けをしている。しかし、ここ十年の出版不況で、お互いの領域を侵食するようになり、関係がぎくしゃくし始めた。日亜経済出版は子会社という負い目もあり、少しでも利益を増やそうと、財テクに走った。

「経済書で一、二を争う大手出版社が財テクで失敗？　洒落にもならんな。どうしたんだ」

松野は村尾を詰るような調子で質した。

「そういわれると、ぐうの音も出ませんが、仕組み債でやられたんです」

「仕組み債？　リーマンショック後に日本でも自治体や有名大学などが大損したやつだな」

「そうです。でも、経済部出身の先輩と違って、僕は政治部と経済部を行ったり来たりしただけですから、複雑な金融商品をちゃんと説明できるかどうかわかりませんが……」

村尾はそう前置きして、うろ覚えの報告をもとに説明した。

仕組み債は「債券」という名称がついているが、企業や自治体などが資金調達のために発行する債券とは違う。投資銀行が金利スワップ取引や株式オプション取引などデリバティブの金融技術を駆使して開発した金融商品だ。

つまり、投資家の希望するように、元利払いのお金の流れを作り上げる（仕組む）債券なのだ。ハイリスク・ハイリターンな商品なうえ、中途換金も難しいのが普通だ。このため、想定外のことが起き、相場が激変すると、投資元本を上回る損失を被ることすらある。

村尾がここまで説明すると、イラついた松野が遮《さえぎ》った。

「仕組み債の説明はもういい。損失はどう処理しているんだ。それが聞きたいんだ」

「いやすいません。釈迦に説法のようなことをして……」

村尾は座布団を外し、土下座しようとした。村尾の得意技で、常套手段だった。男も女

もそこまでされると、大抵、悪い気はしない。土下座で難局を乗り切れると思っても、普通はできないが、いとも簡単にやってのける。それが〝ドンファン〟たる所以《ゆえん》でもあった。

「村尾君、そんなことするな。どうしたのか、話せ」

「報告があったのがリーマンショックの約三カ月後の年末でした。なんとかインサイダー事件で引責を免れたばかりのところでしょ。評価損は計上せず、先送りしましたよ」

「え、なんだよ。〝飛ばし〟でもしているのか」

「そうなんです。でも、今年の決算で百億円は引き当てる予定です。残りは最大百億円ですが、これは合併前に処理します」

「おい、それだと、合併比率を見直さないといけないじゃないか。この間の日亜株五株で大都株一株というのは再検討だな。大体、こんな大事な話を隠して汚いじゃないか」

「待って下さい。話さなかったのは悪かったです。勘弁してくださいよ。本当に……」

松野の難詰口調に、村尾は泣かんばかりの調子で続けた。

「損失は最大二百億円ですし、合併前には全部処理するつもりです。先週の月曜日の交渉でも、僕はこの損失処理も前提にお願いしたんです。再検討して『日亜株六株で大都株一株』なんてなったら、社内をまとめきれません」

村尾はまた座布団を外し、身仕舞を正した。

「君、また同じ手か。もういい。この〝飛ばし〟以外には隠していることはないんだな」

「先輩、この一件だって、隠すつもりはなかったんです。大した金額じゃないし、処理するつもりでしたし……。天地神明に誓って、この一件以外には決算で隠していることはありませんから、合併比率の見直しだけは勘弁してください」

「もういい。とにかく、これからは秘密はなしだ。それでいいな」

「わかりました」

松野が矛を収めたとみた村尾は少し頭を垂れただけで、座布団を戻し、胡坐《あぐら》をかいた。

「実は俺の耳には『損を隠しているのは日亜経済出版だ』という情報が入っていたんだ」

「そうですか。それなら、もっと早く聞いてくれればよかったんです」

現金な村尾は今泣いた烏がもう笑ったという感じで、笑顔で応じた。

「生意気言うな。いくら後輩でも君は社長だから、君の方が持ち出すのを待っていたんだ。何だ、その豹変ぶりは！　だから、女を誑《たら》し込むのがうまいんだろうが、俺は騙されん」

松野は冷やかすような調子で続けた。

「あのな。合併後に新媒体を出すことになっただろ。今日はうちの北川と、君のところ小山君の報告を聞くわけだが、俺は日亜経済出版を使えないかと思っているんだ」

「先輩もそうでしたか。僕も同じなんですよ。日亜経済出版は日本を代表する経済雑誌を出しています。それを前提に新媒体を出せばいいんじゃないか、と……」

村尾はわが意を得たり、とばかりに身を乗り出し、同調した。

雑誌不況の中で部数は減り続けているが、日亜経済出版の看板経済雑誌の「日亜経済ジャーナル」（日亜ＥＪ）は部数トップの座を維持し続けている。もう一つの季刊誌「日亜エコノミストレビュー」（日亜ＥＲ）も日本を代表する経済学者が寄稿する専門雑誌である。

「そんな言わずもがな、なことは言うな」

松野は、あまりにノー天気な村尾の反応に苛立ちを隠さなかった。村尾も松野もいい勝負だったが、そういう人間に限って自分がノー天気だなど露ほども思っていないのである。

「君な、だから、俺は心配しているんだ。さっき、俺が『日亜経済出版が財テクで失敗なんて洒落にもならん』と言ったのはそれだからだよ。君はわかっているのか」

「わかっています。日亜経済出版のブランドイメージが低下することないように手筈は整えています。安心してください。まあ、どう使うかは北川君と、小山が来たら話しましょう。その前に、僕の方も一つ、聞いてもいいですか」

村尾が切り出すと、松野はまた不愉快そうな顔つきになった。

「おい、俺のところにも〝身体検査〟をしようというのか。うちには何もないぞ」

「〝身体検査〟なんてめっそうもないですよ。大都さんの決算のことじゃありません。先輩が社長になられて一年くらい経った頃の噂のことです」

「五年前の噂？」

「噂と言ってもすぐに立ち消えになったようなので、もうお忘れかもしれません。うちのデリバティブの損失の噂も立ち消えになりましたが、実際は火のないところに煙は立たないことは今話した通りです。だから、先輩の噂もどうかと思ったんです」

「……」

松野は顎に手をやり、考え込んだままだった。

「いや、その、噂は先輩を巡る話です」

「え、俺を巡る話？　不倫の話じゃないわな」

「それはもちろんです。それはお互い様で、僕もおおよそ知っていますから……」

「じゃあ、何だよ」

「先輩が地元の和歌山県の町から不当な便宜供与を受けているという噂でした」

村尾の持ち出した噂は松野に衝撃を与えた。卓袱台に両手をつき、村尾を睨みつけた。

「その話、なぜ、君が知っているんだ。噂になんか、なっていないぞ」

「え、やっぱり本当なんですか」

「本当とか嘘とかいうことじゃない。その話はうちの〝ゲシュタポ〟を使って抑え込んだ。

うちの連中でも取り次いで処理した奴と〝ゲシュタポ〟しか知らない。その二人から多少、漏れても数人だろう。それをなぜ知っているんだ」

「蛇の道は蛇です。うちのデリバティブの損失だって、やっぱり〝ゲシュタポ〟を使っています。知っている人間はもう少し多いでしょうが、噂として流布したことはないはずです。それを先輩だって知っていたわけでしょ」

村尾がやんわり反論すると、松野も難しい顔をするだけで、言葉が出なかった。それを見て、村尾が続けた。

「多分、大したことじゃないんでしょう。でも、合併するんですから、どんな話だったのか、教えてくれてもいいじゃないですか、先輩」

大新聞社長は自治体からも便宜供与でウハウハして平気の平左

松野はしばらく腕組みをして考え込んでいたが、意を決したのか、話し始めた。

「もし、俺が大都の社長じゃなきゃ、ゴミみたいな話なんだよ。コンビニでアンパン一個盗むような話さ。それも、俺の親父の話だ。俺のことじゃないんだ」

「確か、先輩のお父さんは和歌山県の山間部の町の町長でしたね」

「そうなんだ。その親父が俺の名前を使って和歌山県の土地を無償で借りて、その土地をまた貸して鞘《さや》を抜いていたんだ」

「あ、そういう話ですか。でも、どれくらいの鞘抜きですか」

「借りた土地は約百五十坪の雑種地だ。最初は年間賃料十万円だったが、三年後に契約を見直し、無償になった。町長が自分個人に貸すのはまずいと思ったんだな、俺の親父が。それで、借り主を俺にして町長の親父と契約しているわけさ」

土地は不動産登記規則で二十三種類に分類されている。田、畑、宅地など二十二種類は用途がはっきりしているが、そのどれにも当てはまらないのが二十三番目の「雑種地」だ。資材置場や駐車場、土地の面積に対し極めて小さい建物がある土地などが該当する。

「雑種地じゃ、借りても仕方がないですね」

「それが違うんだ。その土地の一帯を〝道の駅〟にする計画があってね。開発の前に借りておけば、また貸しできる。田舎でも、毎年、二百万―三百万円の小遣い銭を稼げる」

「〝道の駅〟はできているんですか」

「もうとっくにできている。賃貸契約の期間は三十年という長期でね、数千万円が〝濡れ手で粟〟なんだな。まあ、この程度の〝役得〟は地方じゃ当たり前なんだがね……」

「僕の地元も兵庫県の町で、親父は町会議員でしたからわかります。確かに、その程度のことは地方じゃ珍しいことじゃないです。それがどうして問題になったんですか」

「五年前、関西の会社ゴロみたいな男が大阪編集局にやってきた。俺は会わなかったが、うちの〝ゲシュタポ〟が会った。そうしたら、件《くだん》の賃貸契約書を持ってきたんだな」

「それで、どうしたんですか」

「親父のやったことだし、地方じゃ珍しいことじゃない。それに、〝濡れ手で粟〟の便宜供与といっても大した金額じゃない。最初は表沙汰になってもどうということはない、と思った。でもな、俺は大都社長じゃないか。思い直した。アンパン一個でも万引がばれれば一巻の終わりだろ」

「カネでも使ったんですか」

「ふむ。今もその会社ゴロを情報屋で使っている」

「契約の方はどうしたんですか」

「三年前に親父は亡くなったが、借りているのは俺だし、町長も代わっている。契約を解除すると、寝た子を起こすようなことになりかねない。そのまま、放置している」

「それはまずくないですか」

「〝ゲシュタポ〟が抑え込んだし、不倫がばれるよりはましだ」

「それもそうですね。この件も〝二つのS〟ということですね」

「そういうことだ」

松野が締め括り、二人は顔を見合せ、哄笑《こうしょう》した。

「よし。これで、お互いにガラス張りだな」

ひとしきり哄笑していた松野は笑いが収まると、村尾に右手を差し出した。

「ええ、これで何の疑問もありません」

村尾が右手を差し出し、二人は固い握手を交わした。その時、玄関のガラス戸が開いた。

一時間後に来ることになっていた北川と小山の二人が着いたのである。

二人は先週月曜日と同じ席に座った。そして、部屋を出た老女将が四人分の五段重ねの仕出し弁当を運び、卓袱台に乗せた。

「お飲み物はどうしましょう?」

「ビールと熱燗二本、それから、焼酎のボトルとお湯割りの準備をして持ってきてくれ」

老女将は部屋を出ると、飲み物の準備を整え、また部屋に入ってきた。そして、四人にビールをお酌して、黙って出て行った。

「今日はな、真面目な話だから、弁当にした。我慢してくれ」

松野が口を開き、軽くグラスを上げた。ビールを半分ほど飲むと、続けた。

「ところで、宿題はどうなった?」

北川と小山の二人は顔を見合わせ、苦笑いした。すると、村尾が助け舟を出した。

「先輩、一週間で新媒体を具体化しろ、と言っても無理ですよ。そんな芸当ができるような奴が残っているようなら、今、我々はここにいません」

「何を言う。俺を君らと同じに扱うな。確かに、村尾君は瓢箪《ひょうたん》から駒みたいなもんだが、俺は若い時から〝本命〟で、なるべくして社長になったんだ。一緒にするとは失敬だぞ」

「先輩、おっしゃる通りですけど、そうカリカリしないでくださいよ。合併まで一年以上あるんですから、もうちょっと待ってやりましょう」

「わかったよ。でもな、何のアイディアもないわけじゃないだろう。ぼんやりしたものでいいから、話してみろ」

大新聞編集局長は〝不倫〟大騒動の末、離婚して再婚していた！

北川と小山はお互いに譲り合う風だったが、北川が切り出した。

「ネット新聞は経済情報を網羅した媒体にしますけど、それをベースにした紙媒体は読者層を絞り込むのがいいのではないか、という線では一致しました」

「で、どんな読者層を想定するんだ」

「想定は投資家ですが、個人にするか、機関投資家にするか、意見が分かれています」

「君らの頭にある紙媒体は株式新聞みたいな媒体なんだな」

今度は村尾が脇に座っている小山に聞いた。

「ええ、そうですね。株式投資がメインですが、投資全般の情報をカバーするのがいいと思っています。でも、個人投資家と機関投資家では求める情報が違います。紙の媒体は二種類にしてはどうかというのが僕の意見です。でも、北川さんは違います」

「どう違うのかい？」

「僕はですね。紙媒体を二種類と言うのはどうか、と思っています。大体、これからどんどん縮小するんですからね。僕らの話はそこまでで、その先、ネット新聞とのリンクをどうするとか、価格設定をどうするとか、重要なテーマはまだ手付かずです」

「一週間じゃ、そんなところか。でもな、株式新聞みたいな媒体を念頭にしているなら、村尾君のところの日亜経済出版の経済雑誌とどう連携するかも考えた方がいい」

五段重ね弁当を広げ、おかずを肴に熱燗をちびりちびりやりながら、村尾と小山のやりとりを聞いていた松野が苦笑いしながら、容喙《ようかい》した。

「君たちが来る前、先輩と話していたんだ。うちの『日亜ＥＪ』は経済雑誌では部数トップだし、季刊誌の『日亜ＥＲ』も経済学者の間で最も権威がある。それを利用しない手はないだろうってな。そうですよね、先輩」

村尾が敷衍《ふえん》すると、二人を代表して、北川が答えた。

「わかりました。でも、いつ頃までに骨格をまとめればいいですか」

「そうだな。村尾君、合併の発表は五月にしないといかんよな」

「株主総会のことを考えると、遅くとも五月半ばには発表したいですね」

「その時には新媒体のこともある程度話した方がいいだろう？　どうだ」

「もちろん、その方がいいですよ」

「それじゃあ、新媒体の骨格はゴールデンウィーク前に固めないとな。とにかく、君たちの案は四月半ばにはないと困るぞ。あと一カ月以上あるからできるだろう。どうだ?」

北川と小山は顔を見合わせたが、小山が「どうぞ」と言わんばかりに掌を上に差し出すと、「仕方ないな」という顔つきの北川がおもむろに答えた。

「四月半ばまでに必ず、たたき台を作るようにします」

「じゃ、頼んだぞ。……」

松野が続けようとすると、小山が遜《へりくだ》った調子で遮った。

「……すいません。一つ、報告させてください」

「なんだ。折角、これから楽しく飲もうと思っていたのに、野暮な奴だな」

「ええ、この間、質問した海外展開の件です。うちの村尾の意見を聞き、自分でもちょっと調べてみました。それでわかったんです」

「そうか。君は俺と同意見だったよな。それでいいじゃないか」

「いえ、違うんです。欧米諸国でも、新聞社は特殊な株式会社で、巨大資本の傘下に入って生き残っています。新聞社が頂点に立った国際企業グループは一社もないとわかったんです。もう一つ、〝灯台下暗し〟なんですね。村尾の説明を聞くまで、僕はうちの会社(日亜）が非営利の組合のような会社で、国際企業と対極にある存在だと思っていませんでした。今は不明を恥じています」

「何が言いたいんだ、え。村尾に洗脳されて、俺に同調できないということか」

「いや、違います。今も、僕は松野社長同様に海外展開は推進すべきだと考えています。ただ、それには相当に高いハードルがあります。新媒体の構想が固まったら、何とかクリアする道はないか、考えてみたい、と思っているんです。このことを報告したいと思いまして……」

「ふむ。剽軽《ひょうきん》で頓珍漢なところのある君にしてはいやに殊勝だな。どっちにしろ、海外展開は合併後の課題だ。俺の〝夢〟を実現できるよう、大いに考えてくれ。頼んだぞ。小山君」

小山が笑みを浮かべて畏《かしこ》まるをみて、松野は続けた。

「さあ、話は終わりだ。飲もう。弁当だけで大した料理はないが、五段重ねだから、それなりのつまみにはなる。小山君、お湯割りを作ってくれ」

指名された小山がお湯割りを四人分つくり、卓袱台《ちゃぶだい》に並べた。

「村尾君も熱燗が良ければ、自分で手酌しろ」

松野は徳利を取り、熱燗を独酌して「乾杯」と発して杯を上げた。そして、切り出した。

「ところでな。酒を飲みながら、二人の〝身体検査〟をやるぞ。それでいいな、村尾君」

松野に同意を求められた村尾は含み笑いを浮かべたまま、何も答えなかった。

北川と小山の二人は〝身体検査〟の意味がよくわからない。二人とも五段重ねの弁当を広げ、おかずにつけていた箸を止めたが、松野を窺うように見つめた。

「君たちは〝身体検査〟の意味がわからんのか。政治部と経済部の両生類みたいな村尾君でもわからなかったからな」

『仕方ないな』という顔つきの松野が続けた。

「組閣の時、よく言われるだろう、〝身体検査〟って。それと同じだ。君たちは経済部出身だけど、俺だって、経済部出身だ。その俺が使うんだからわかってくれなきゃ困るぞ」

「大臣に就任してすぐにスキャンダルが暴かれたりしないようにするやつですね」

隣の北川が追従すると、小山は首を傾げた。

「でも、僕らの〝身体検査〟が何で必要なんですか。ハジパイみたいなもんでしょう。僕らのスキャンダルなんて誰も関心を持ちませんよ。それに、僕らに〝二つのS〟があるのはご存じじゃないですか」

この小山の言い様に松野がカチンときた。

「小山君、君は何もわかっていないな。村尾君、君は〝KY〟を幹部登用のキャッチフレーズにしているんじゃないのか。こんな頓痴気《とんちき》じゃや、合併後は使えないぞ」

「いや、申し訳ありません。僕も、小山がこんな頓痴気と思っていませんでした」

火の粉が飛んできた村尾が狼狽気味に詫びると、小山に厳しい調子でまくしたてた。

「おい、小山。先輩に失礼じゃないか。確かに君に〝二つのＳ〟があることくらいは知っている。でもな、会社が違えば、詳しくは知らない。だから、合併する以上、ちゃんと知っておきたいと思うのは当たり前じゃないか。そんなこともわからないのか」

小山は座布団を外すと、正座し直した。そして、「申し訳ありませんでした」と言って、畳に頭を擦りつけた。小山はおっちょこちょいだが、村尾同様に謝るのは得意なのだ。松野は面を上げない小山を見下ろしていたが、我慢できなくなった。人がいいのだ。

「おい、小山君、もういい。面を上げろ。とにかくな、俺は君らに〝二つのＳ〟があることは知っている。でもな、うちの北川のことは全て知っているが、君のことはおおよそのところしか知らない。それはな、村尾君だって同じだ。君のことは知っているが、うちの北川のことはよく知らないはずだ。そうだろ、村尾君」

「そうです。この二人に合併後の将来を担ってもらわないといけないわけですから、〝身体検査〟は絶対必要です。いくら、我々が隠ぺいに長けていると言っても、事実をちゃんと知らないと、どこでぼろを出すかわかりません。おい、小山、わかったな」

小山は神妙な顔つきでただただ頭を掻くだけだった。自分に矛先が向かいはしないかと戦々恐々の北川は俯き加減で、弁当のおかずを食べ続けた。気まずい沈黙が支配しそうになったとき、村尾が救いの手を差し伸べた。

「先輩、二人に自分で〝二つのS〟を話せと言っても、無理じゃないですか。小山のことは僕がかいつまんで説明しますから、それを聞いて質問するっていうのでどうでしょう。昭和五十年（一九七五年）入社の小山の方が四十九年入社の北川君より一年下ですから、小山の方から話しますけど、北川君については先輩にお願いしますよ。それでいいですね」

松野が首を縦に振るのをみて、村尾が小山の〝二つのS〟の説明を始めた。

「先週、業界紙を補強して大きな記事にでっちあげるのが得意、って話しましたよね」

「それは聞いたな。それが君の言う〝KY〟なんだろ。でも、さっきの頓痴気ぶりじゃ、ちっとも〝KY〟じゃないな」

「そうなんです。記者として能力はともかく、仕事では〝KY〟なんですが、プライベートでは全然なんですよ。僕がロンドン支局次長だった時、小山も経済担当として駐在していたんですけど、その時、女性問題で大トラブルを起こしたんです。シティ（ロンドンの金融街）の邦銀の駐在員を巻き込んで大騒動になったんです」

「日亜の編集局長は大騒動の末、離婚して再婚していると薄々聞いていたが、やっぱり、それが〝二つのS〟なんだな」

「ええ、これからその事件をかいつまんで説明します。おい、小山、いいな」

村尾は事件の概要を説明し始めた。

村尾がデスクとしてロンドン支局に赴任したのは平成二年（一九九〇年）春だった。その一年後に経済担当の駐在記者として派遣されたのが経済部一筋の小山だった。村尾は政治部と経済部の間を行ったり来たりだったこともあり、同じ記者クラブで小山と一緒に仕事をしたことはなく、二人はロンドンまでは特に親しい関係ではなかった。

記者としての能力は、実績が全くなく記事の書けない村尾に対し、小山は「中レベルの中」といったところで、村尾より上だった。海外駐在記者は取材するというより、現地の報道を小器用にまとめて日本語で伝えるのが仕事になっているのが大手新聞の実態だ。畢竟《ひっきょう》、その選定基準は、語学が堪能か、業界紙を補強取材して大きな記事をでっちあげる小山のような能力があるか、二点のどちらかをクリアしていることが重視される。

外目には小山がロンドンに派遣されるべくして派遣されたと映ったが、実際は違った。村尾の愛人、由利菜のニューヨーク行きと同じで、ある意味で〝隔離〟だった。派遣前の二年間、小山は兜倶楽部（東京証券取引所記者クラブ）に所属、キャップとして証券業界を担当していた。そこで、部下だった八歳年下の補助記者と不倫関係に陥ったからだった。

国内の補助記者は短大卒の女性社員の肩書で、兜倶楽部では正記者の指示で上場企業の決算資料を見て短い決算記事を書いたり、東証二部相場を取材したりするのが仕事だった。大手新聞が女性記者を本格的に採用し始めるのは九〇年代に入ってからで、それ以前は婦人部などごく一部で女性記者を採用することが稀にあっただけで、政治部や経済部には女性記者は皆無と言ってよかった。当時、補助記者は兜倶楽部に二人いたが、男社会の〝紅一点〟といった感じで、若い男性記者たちからモテモテでもあった。

件《くだん》の補助記者は恋多き女だった。兜倶楽部に席を置く前は本社の経済部でデスクの補助をしていた。補助と言えば聞こえがいいが、実際は電話番と雑用係である。この仕事を五年間やったのだが、その間にデスクの一人と不倫関係になって、兜倶楽部へ異動後も、その関係は続いていた。しかし、小山が兜倶楽部のキャップになると、すぐに別れ話が持ち上がり、彼女の相談に乗るようになった。それがすべての始まりだった。結局、ミイラ取りがミイラになってしまい、今度は小山が修羅場を迎えることになった。

小山には入社一年後の昭和五十一年（一九七六年）に結婚した妻がいた。学生時代からのライダー仲間だった二歳年上の女性で、子供はなかった。妻の方はスレンダーな美人だったが、補助記者はグラマラスな女だった。小山はその豊満な体に溺れていき、一年もすると、自宅にあまり帰らなくなった。誰だって、夫が不倫していると思う。それでも、夫婦二人だけの間の確執に止まっていれば、会社が関わることはない。しかし、小山の妻は勝気な女だった。

小山の上司はもちろん、人事部にも問題を持ち込んだ。会社も見て見ぬふりは出来なくなった。小山をロンドンに出して、妻とも不倫相手の補助記者とも離れ離れにしようとしたのだが、それが火に油を注ぐ結果になった。赴任して一カ月後である。愛人の補助記者が妊娠を理由に依願退職、ロンドンで小山と同棲生活を始めた。それを察知した妻の方も負けじとロンドンに向かい、ロンドンを舞台にバトルが繰り広げられたのだ。

逃げ回る小山を追い回す妻の執拗さは鬼気迫るものがあった。シティには東京時代からの小山の取材先の金融マンが少なからずいた。そうした金融マンにまで押し掛け、シティの日本人の間で評判になった。挙げ句の果てに、妻がロンドンのホテルで自殺未遂するというところまで、騒動は発展したのだ。これが小山の不倫事件の経緯である。

大新聞編集局長の元妻、ロンドンで自殺未遂事件

松野は、熱燗をちびりちびりやりながら、村尾が部下の小山の不倫騒動について説明するのを聞いていた。しかし、その経緯の説明を終え、村尾がお湯割りに手を運ぶと、急に難しそうな顔つきになった松野がすかさず質問を発した。

「自殺未遂?」

「そうです。なかなか小山君が捕まらない彼女は相当イラついていたんですね。ある大手銀行の駐在員に『小山を連れてきてくれないなら、私、死ぬわ』と電話してきたんです」

「それはとんだとばっちりだ。びっくりしたろうね」

「ええ、その駐在員がうちに電話してきたんです。電話に出たのが僕だったんです」

「それでどうしたんだ?」

「そりゃ、慌てましたよ。騒動は多少は知っていましたけど、プライバシーの問題でしょ。

支局長も含め、見て見ぬふりをしていたんです。でも、自殺するとなると、ことは重大です。僕が彼女の宿泊しているホテルに駆けつけました」

「そりゃ、そうだな」

「ホテルにかけつけ、フロントで事情を話し、部屋を開けてもらったんです。部屋に入ると、彼女はベッドに横たわっていました。剃刀で手首を切っていましたが、傷は浅かったんです。すぐに、救急車を呼んで病院に運びましたよ。命に別状はなかったですけどね」

「ふむ。でも、小山君の今の奥さんはその補助記者の女性なんだろ」

「そうです。子供も三人いるよな。小山君」

小山は俯いたまま、苦笑いするだけだった。

「その自殺未遂事件を起こした、姉さん女房の方はどうなったんだい？」

「その一件で彼女も少し弱気になりましてね。ちょうど、その時、ただならぬ事態になっているのを知った小山君の親父が飛んできたんです」

「親父は何をしたんだ？」

「小山の実家は大阪の船場の老舗繊維問屋です。次男が小山です。その頃はまだ実家の羽振りはよかったんでしょうね。親父が彼女と話したんですよ。彼女の両親は早世し、兄弟もなく、小山と結婚した時には天涯孤独でした。親父さんが一生面倒を見ると約束したらしいんです」

「そういうことか。それで、円満に離婚、不倫相手と再婚したんだな」

「ええ、もうしこりはないでしょうね。でも、それと関係あるかどうかは知りませんが、実家の問屋は人手に渡ってしまいましたけどね、そうだよな、小山」

「もういいじゃないですか、この辺で。あまりいじめないでくださいよ」

しかめ面の小山が泣きそうな声で哀願した。

「騒動の代償は大きかったということだな。小山君は親父さんに足を向けて寝られないな。由緒ある老舗問屋を潰したんだからな。よほど次男の君が可愛かったんだろうな」

松野は少ししんみりした調子になったが、まだ矛を収めなかった。

「でもな、この事件、知る人ぞ知る、という話だよな。シークレットじゃないぞ」

「それはそうですけど、日亜社内の現役で知っている人間は少なくなっていますし、もうスキャンダルで表にでることもないですよ。〝二つのS〟と言っていいじゃないですか」

「そんな話じゃない。日本の大企業で、小山君のような男を事業の要のポストに就けるところはないよな。安心はできないぜ。二十年以上前のスキャンダルでも、その地位によっては蒸し返される恐れはある。我々は普通の大企業じゃ絶対やらないような人事をやっているわけだからな。前妻の姉さん女房が騒ぐ心配はないのかね。まだ健在なんだろう？」

「音信不通のようですが、亡くなったという話は聞いていません。そうだよな、小山君」

当惑気味の小山がしぶしぶ頷《うなず》くと、村尾が続けた。

「騒ぐ心配はありませんよ。親父が亡くなって、老舗問屋を継いだ兄貴が豹変すれば、別ですが……」

「老舗問屋は人手に渡ったんだろ。それだと、兄貴が豹変する可能性はあるじゃないか」

「そこまで心配したらきりがありません。それに、うちはゲシュタポを使ってどんなつまらないことでも表に出ないように万全の態勢を敷いています。それは自信があります」

「え、本当かい？」

疑わしい眼つきの松野がからかうような調子で突っ込んだが、村尾は自信満々だった。

「蟻一匹逃さない、と断言できます。実際、今ではうちのスキャンダルはどんな小さな媒体でも載りませんよ。たとえば、個人のブログとかホームページもゲシュタポの部下が常時みていて、少しでもうちに都合の悪いことが載ったら名誉棄損やプライバシー侵害をちらつかせて脅しをかけます。効果抜群です」

「君のところはそこまで徹底してやっているのか。うちはそこまではしていないな」

「〝二つのS〟を抱えた連中で経営を牛耳る体制を作っている以上、うちのような体制を取るべきです。合併後は任せてください。表に出ない盤石《ばんじゃく》の体制を築きます」

「そうか。頼もしいな。君の言う通りにしよう。だが、今日は〝身体検査〟だ。まあ、姉さん女房の件はもういいが、小山君の〝二つのS〟がそれだけじゃないだろう」

松野は口元にいわくありげな笑みをたたえ、話題を変えた。

「小山君にはほかに大した〝二つのS〟はありません。先輩は何を聞いているんですか」

「パワハラもあるんじゃないか。もっぱら、そういう噂だぞ」

「上に都合のいい部下は、下にはきついんです。でも問題になったケースはないですよ」

「おいおい、そんな断言して大丈夫なのか」

「パワハラ的な行動が社内の一部で問題になることは結構あります。でも、社外で噂になるようなことはなかったはずです。先輩は何か知っているんですか」

「ほら、君のところで、整理部長が勤務中にくも膜下出血で急死した奴がいただろう」

「ええ、いましたよ。二年ほど前ですね。でも、遺族には手厚い支援を取り、労災認定を求めるといった事態にはなりませんでした。だから、何も問題はありません」

「でもな、くも膜下出血で急死する十分くらい前の編集部長会で、小山君がその部長を激しく面罵したというじゃないか。うちの連中にはそう伝わっている」

「編集部長会で厳しく叱責したのは事実です。とにかく、要領の悪い奴でしてね。しょっちゅう、小山君が怒鳴りつけていたんだよな」

「ええ、まあ。建前と本音がわからん奴でした」

小山が頭を掻きながら、小声で答えた。

「その時は、何が原因だったんだ」

小山が口ごもっているのをみて、村尾が助け船を出した。

「ある大企業の不祥事の記事の扱いについてだったよな」

小山が頷くのを見て、村尾が続けた。

「その大企業はうちの広告、販売の両方ともお得意さんで、『記事の扱いはできるだけ控えめにお願いします』と頼んできたんです。小山君が『大したニュースじゃない』と天の声を発し、社会面のベタ（見出し一段の記事）にしたんです。それに異を唱えたんです」

「それじゃ、怒鳴りつける以外に手はないかもしれないな」

「ジャーナリズムの建前からはベタじゃまずいですよ。でも〝ニュース判断〟は人それぞれという面があります。それがこの商売のいいところで、上意は絶対なんです」

「本音と建前の区別もつかないような奴が悪いと言うわけだな。だな、くも膜下出血を起こす十分前だから、関連がないと言い切れるのか」

「それはわからないんです。遺族と労災認定を巡って揉めれば、裁判所などの判断が出ますが、それを回避すれば、問題は起きないんです」

「どういうことだ?」

「叱責が原因で、くも膜下出血で亡くなったんではないか、というような記事がどこかに載ったとしましょう。その記事をうちが名誉毀損で訴えれば、相手は立証できないから、こっちの勝ちなんです。だから、名誉毀損をちらつかせると、表にはでないんです」

「それでも、人の口には戸を立てられないということだな」

「噂になるだけなら問題ありません。それより、そろそろ、先輩の方も話して下さいよ」

大新聞社では不倫トラブルは旧日本陸軍の〝金鵄《きんし》勲章〟になる！

「うちの方の〝二つのS〟のことか」

村尾に催促された松野は隣に座っている部下の北川を見て笑った。

「え、今度は僕の話ですか。それはいいじゃないですか。勘弁してくださいよ」

北川は手を振りながら、泣き言を言った。

「小山君だけやって、君を除外するわけにはいかないのは当たり前だろう」

松野が対面の村尾と小山を交々みると、小山が嬉しそうに頷き、同調した。

「僕だって、恥を忍んで、うちの村尾の説明を聞いていたんですから。やっぱり、北川さんのことも知っておく必要があります。僕らも、北川さんの女性問題のこと、よく知らないんです。知っているのはうちの村尾以上に女にもてるということくらいです」

北川は中肉中背だが、目鼻立ちが整った優男《やさおとこ》である。村尾の場合は、自分の方から女にアプローチして落とすタイプだが、北川の方は黙っていても女の方から寄ってくるのだ。

「君、本当にそれしか知らないのか。嘘をついちゃだめだ」

胡乱《うろん》顔の松野が小山を問い質した。

「いや誤解です。松野社長、信じてください。なにか、不倫相手が自殺してトラブルになったという昔話を漏れ聞いているだけです」

小山が「降参しました」という調子で白状すると、松野は大きく頷いた。

「これからは我々の間では嘘はなしだ。わかればいい。さて、本題だが、不倫相手の自殺事件のことを話す前に、うちの北川がどんな記者だったか、話しておこう。若い頃、うちの平山（久生・取締役社長室長）君と二人で一人前というんで〝ベトちゃんドクちゃん〟と渾名されていた話はしたな。えへん」

松野は咳払いして、お猪口に熱燗を独酌した。

北川が村尾と似ているのは女にもてる点だけではない。記事が書けない記者だった点も同様だった。村尾が一年先輩の常務論説委員長の青羽岳人にいつも記事を書いてもらっていたが、村尾にとっての青羽と同じ役割を担っていたのが北川の一年後輩の平山だった。

松野は〝ベトちゃんドクちゃん〟の話をおさらいし、続けた。

「それと別の話だ。小山君は業界紙に載った情報を盗用して大きな記事にでっちあげるのが得意だったらしいが、うちの北川は抜かれた時の対応が得意だった。そうだったな」

世間では、今でも、新聞記者の世界はスクープを狙って記者たちがしのぎを削っているとみられているかもしれない。しかし、それは遠い昔日《せきじつ》のことだ。

今では、スクープを狙って日夜駆けずり回る記者は天然記念物的な存在になりつつある。堕落が著しい大都と日亜では事実上、絶滅してしまったと言っても過言ではないだろう。跋扈《ばっこ》しているのはリーク欲しさに走り回る記者と、抜かれた時の対応に腐心する記者だ。

とりわけ、経済記者の世界はリークが幅を利かせている。民間企業にしても経済官庁にしても自分たちの宣伝に使おうという下心が常にあるからだ。しかし、リークの対象から外れることもある。つまり、抜かれることもあるわけで、その時の対応も重要なのだ。

松野に「抜かれた時の対応が得意」と指摘された北川は隣の席で頷くだけだった。だが、対面の日亜側の二人は怪訝な表情を浮かべ、松野の二の句を待つ風情だった。

「つまりな。新聞業界は〝スクープが命〟という建前だろ。だから、昔は、抜かれるとマイナス評価になるのが当たり前だった。北川の場合は、マイナスになるはずの評価をプラスにしてしまう、特殊な能力があったんだな」

「申し訳ありませんが、どうもよくわかりません。社長、わかりますか。どうですか」

小山が首を傾げながら、隣の村尾をみた。

「……多分、北川君は仕事をしている振りをするのがうまいんじゃないか。それも神妙な顔をしてな。デスクの大半は特ダネとは無縁の連中がほとんどだから、特ダネのとれる記者には屈折した劣等感があるが、抜かれる奴には仲間意識みたいなものもあるだろう」

「やっぱり、年の功だな。村尾君の解説が大体当たっている。うちのように、部数がトップだと、経済部の取材は楽なんだ。取材相手に下心があるから、向こうからリークがある。特ダネはそれで十分でな。だから、リークの対象から外れた時の対応が大事なんだ」

「僕にはまだよくわかりません。鈍くて申し訳ありません。教えて頂けませんか」

怪訝な表情を残したままの小山が上目使いに聞いた。

「やっぱり〝KY〟じゃないな。平身低頭を貫き、抜かれた言い訳はしない。どんな取材をしてもいいが、デスクに小まめに報告を上げ、早朝から深夜まで駆けずり回っている姿を見せるんだ。それで、追いかけ記事はデスクの指示通りに書く。それがコツなんだな」

松野があきれ顔で敷衍すると、小山はあっけらかんとして言った。

「なんだ、そんなことですか。それなら、僕だって、結構、得意ですよ」

「ばかもん！　村尾君、君は小山にどんな教育しているんだ。こいつ、大丈夫なのか、え」

小山のあまりにノー天気な受け答えに、松野は激怒した。村尾は内心「松野も小山といい勝負」と思ったが、苦笑いしながら、松野の怒りの火の粉を振り払うようにとりなした。

「先輩、まあいいじゃないですか。小山は僕のいう〝ＫＹ〟じゃないところもありますが、そこがいいところでもあります。そろそろ、本題を話してくださいよ。お願いします」

松野は、不機嫌そうに熱燗をあおっていたが、しばらくすると、冷静さを取り戻した。

「わかったぞ。村尾君に免じて、小山君の無礼は水に流す」

松野は含み笑いを浮かべながら、小山を睨み付けた。

「申し訳ありませんでした。これからは気を付けます」

小山はペコンと頭を下げると、徳利を持ち、三人に少し冷めた熱燗を注いで回った。そして、中腰になって三人のグラスを集め、二杯目の焼酎のお湯割りを作り始めた。松野の方はというと、小山の殊勝げな行動に目を細めてしまう。

「わかればいい。うちの北川はな、君と違って優男なうえ〝ＫＹ〟そのものだ。だから、特ダネを取ろうとはしないが、リークはそこそこあるし、抜かれてもうまく立ち回る。だが、女の問題だと、〝ＫＹ〟じゃないんだな。だから、トラブルに遭遇しちゃうんだな。とにかく、北川には黙っていても女の方から寄ってくる。それが災いしているんだな」

松野はここまで話すと、小山の作ったお湯割りのグラスに手を伸ばして一息ついた。そして、不倫相手の自殺事件に至る経緯を話し出した。

一九八〇年代の禁煙パイポのCM「私はコレで会社を辞めました」ではないが、日本の大企業のサラリーマンにとって女性に絡むトラブルは致命傷である。出世の道が閉ざされるからだ。一部のオーナー系を除けば、大半の大企業では女性問題を抱えた人物を役員に取り立てるところはない。業種によっては、どんなに優秀な人材でも、離婚経験があるだけでボードメンバーに絶対に入れない、という不文律のあるところすらある。

オーナー系でもないのに女性に絡むトラブルに寛容な大企業があれば、白眼視される。それが日本の企業社会である。しかし、その埒外にあるのが新聞業界である。

〝言論報道〟という絶大な権力を握っており、どこからも後ろ指を指されることがないからだ。そうでなければ、大都や日亜のように〝三つのN〟や〝二つのS〟をボードメンバー選びの基準にするなどという荒唐無稽なことはありえない。

新聞業界の堕落が始まったのは十年ほど前からで、それ以前は新聞業界にも日本の企業社会と同じ節度があった。当時、大都、日亜の両社内で、北川や小山がボードメンバーに入ることはもちろん、事業の要である編集局長に就くなどと予想する向きは一人としていなかった。深刻な女性問題を抱えていたからだ。北川の場合は小山の離婚トラブルに比べると、表沙汰になるリスクは少なかったものの、その深刻さは甲乙つけがたいものだった。

しかし、今、女性問題で×点の烙印を押された二人が将来の社長に最も近いポスト、編集局長に就いている。新聞の堕落を象徴していると言ってしまえばそれまでだが、三年前まで社長になるなどとつゆほども思わず、不倫にうつつを抜かしていた村尾同様に、二人とも自分が編集局長に就けるなど、十年前まで夢にも思っていなかったのは間違いない。

松野と村尾が大都、日亜の両社のトップに就いたことで、序列が百八十度変わった。この二人は、自らの保身と権力保持へ〝三つのN〟や〝二つのS〟という基準をボードメンバー人選の物差しにして、秘密を共有する者たちで経営陣の中枢を固めるようになった。致命傷のはずの女性問題は旧日本陸軍の〝金鵄《きんし》勲章〟のような傷になったのだ。

大新聞編集局長は不倫相手の自殺事件がキャリアパスに

北川の抱えている事件の発端は二十数年前に遡《さかのぼ》る。日亜社長の村尾が日亜ロンドン支局に赴任したのと同じ平成二年（九〇年）春である。この時、北川も大都ニューヨーク支局に派遣された。そこで、現地採用の女性補助記者と出会い、不倫関係になったのだ。

支局勤務を終え、東京本社の経済部に上がったのは日亜の小山と同じだったが、小山が主に経済官庁と銀行など金融業界担当が長かったのに対し北川は自動車、電機など産業界担当が長かった。ニューヨークでの担当は日米経済摩擦の火薬庫、米産業界の取材だった。

北川は経済部在勤中から、持ち前の優男ぶりを武器にプレーボーイぶりを発揮、取材先の大企業の広報担当の女性社員たちと浮名を流し、大都では有名だった。ニューヨークでも、その性癖は変わらなかった。ただ、北川は英語が不得手で、少し勝手が違った。米国企業の外人女性社員からモテモテになるということはなく、畢竟《ひっきょう》、支局内にいる時間が長くなった。好意を寄せる補助の女性記者と深い仲になるのは自然の成り行きだった。

三年後の九三年春、北川は経済部に戻ることになった。この時、女性が哀願した。

「東京に連れて行って。お願いだから」

「一緒に帰るのは無理だけど、いずれ必ず呼び寄せる。それまで待っていてね」

北川はプレーボーイなら誰でも口にする言葉を残し、旅立った。それが躓《つまづ》きのもとだった。経済部に戻った時、支局時代の愛人が自分を追いかけ東京にやって来るなどと予想もしていなかった。帰国後、時折、彼女が北川に国際電話をかけてきて、婉曲に「いつ頃、呼び寄せてくれるの?」と聞くことがあった。その度に北川は「もう少し待ってよ」と言いくるめた。時間がすべてを解決してくれると信じ込んでいたのだ。

一年後の九四年春である。彼女が国際電話で「四月から大都出版局に正社員として勤務することになったの」と連絡してきたのだ。この時、北川は受話器を持ったまま、一瞬、身が凍るような経験を味わった。

彼女は言を左右して煮え切らない北川に業を煮やし、内緒で中途採用に募集に応募して、採用されたのだ。もちろん、ニューヨーク支局で補助記者として勤務していたことが決め手になった。編集局、出版局の部署は違っても、同じ大都に勤務しているのに、北川が彼女を避け続けることはできない。会ってしまえば、元の木阿弥《もくあみ》になる。

一年ぶりの再会で二人は燃え上がった。東京に戻り、引く手あまたの北川の方は一夜限りのつもりだったが、彼女の方は情の深い女だった。焼け木杭《ぼっくい》の炎は燃え盛るばかりで、さながら北川のストーカーだった。そうなると、北川は冷たい男だった。彼女が会いたがっても、仕事を理由に会うことすらしなかった。新しい職場で仕事をするという環境変化に加え、恋人につれなくされ続けるという心痛が彼女を追い詰めた。

その年の大晦日のことだ。深夜、彼女は新宿の自宅マンション一二階から飛び降り自殺した。もちろん、社会部が警視庁に根回しし、「大都新聞女性社員が飛び降り自殺」などという記事が出ることは抑え込んだ。どこの大企業でも同じだが、マスコミへの露出を防いだ情報も、社内では口伝に伝わるのが普通だ。大都社内でもご多分に洩れず、一週間もすれば社内情報に通じた社員なら誰でも知っている状況になった。それだけで済めば、一、二カ月のうちに社内でも過去の事件として忘れられていく。

しかし、この自殺事件、こうした普通の展開にはならなかった。両親あての遺書が残っていたのだ。遺書にはT・Kというイニシャルながら、北川との〝許されぬ恋〟に敗れ、絶望して自ら命を絶つところに追い込まれた心情が切々と書かれていた。自殺の原因が北川と知った両親が遺書を持ち直談判にやってきた。「誠実に対応しなければ、損害賠償を求める裁判を起こす」と。自殺から二カ月近く経った時だった。

大都経営陣は目が点になるほど驚いた。北川を呼びつけて事情を聞くと、不倫関係にあったことを認めた。訴訟沙汰になっても、北川や大都に賠償責任があると認められる恐れは少なかったが、表沙汰になるリスクを避けるため、カネで片付ける道を選んだ。

村尾と小山の二人は五段重ねの仕出し弁当に箸をつけながら、松野が自殺事件の顛末《てんまつ》を説明するのを聞いていた。時折、箸の手を休め、野次馬根性丸出しの真剣な眼つきで、手振り身振りを交え熱弁をふるう松野をみつめたが、酒を口に運ぶことはなかった。

話題の主、北川はどうだったかというと、俯《うつむ》き加減でお湯割りのグラスを口に運んだり、弁当に箸をつけたりしていた。しかし、対面の村尾と小山をみることはなかった。

松野があらかたの説明を終え、お湯割りのグラスを取り一息入れた。そして、三人に比べ食べ遅れている弁当に箸をつけた。そんな松野を見て、小山が徐《おもむろ》に口を開いた。

「社長にはまた『お前は〝KY〟じゃない』と言われるかもしれませんが、二つ、質問があります」

「何がわからんのだ」

「申し訳ありません。北川さんは僕と違って離婚はしていないんですか」

「そんなことか。北川は離婚していない。とにかく、今でもアツアツらしいからな。秋田支局時代に言い寄られて秋田美人と結婚して、子供も三人いる。そうだよな」

松野は脇の北川に顔を向けた。北川が軽く頷くと、小山が続けた。

「奥さんは平気なんですね。僕とは大違いだ。それとも、うちの社長みたいに、離婚してくれないんですかね」

「今や、北川君は次々期社長の最有力候補だからな。彼女にとっては絶対、別れない方が得だ。でも、事件当時は違った。普通なら別れるが、そうならなかった。とにかく、彼女はな、北川にべた惚れなんだ。それに、純粋というか、かなり鷹揚《おうよう》な性格で、戻ってくればそれでいいという感じらしい。うらやましい限りだ。なあ、村尾君」

「え、何ですか。僕は関係ありませんよ」

水を向けられた村尾は戸惑い気味に身を引いた。すると、小山が二問目を質問した。

「松野社長、今は北川さんの話です。うちの社長のことは置いておいて、次の質問です。結局、どんな決着だったのか、よくわからないんです。そこはどうだったんですか」

「実はな、俺も詳しく知らない。同じ経済部でも俺は経済官庁や金融業界の分野、北川は産業界の担当が長く、部下として一緒に仕事をしたことはなかった。それに九四年暮れに自殺事件の時、俺は名古屋編集局長だったんでね」

「社長は記者時代の北川さんとあまり接点がなかったんですね」

「そういうことだ。でも、北川を事件から隔離するため、九五年春の人事で大阪経済部に異動させている。その時は決着していなかったという話だったが、その年の秋には円満解決した。編集の幹部にだけ、そういう説明があった。多分、カネで解決したと思ったが、そこまでは聞いていないんだな。北川本人に聞くしかない」

「北川さんがしゃべってくれないと、わからないということですか」

小山は松野の隣に俯き加減に座っている北川の方に問いかけた。北川はすぐに反応しなかったが、三人の視線が耐え切れず、重い口を開いた。

「もう十五年以上前のことですし、すべてけりが着いています。大都がカネで片付けてくれたことは知っていますが、それがいくらだったのか、僕自身、知らないんです」

「そうだな。もういいじゃないか。村尾君、どうだね」

「わかりました。でも、北川君にはセクハラの噂もあるんじゃないですか。そっちはどうなんですか。モテモテの男には似合いませんからね」

村尾は引き下がるとみせて、セクハラの噂を持ち出した。北川と〝女誑《たら》し〟という点で相通じるだけに、その言い回しには棘《とげ》があった。

「村尾君。武士は相身互いというじゃないか。それに君とうちの北川は女性問題じゃや、同じ穴の狢《むじな》だろう。普段は優男だが、酒が入ると、図に乗るところがあるんだ。こいつは」

松野が笑いながら、隣の北川の頭を小突いた。

「やっぱり、セクハラの噂も本当なんですね」

今度は、小山が身をすくめて苦笑いするだけの北川をからかった。

「噂は否定しないよ。でも、どちらかといえば、女の方から言い寄られたのが原因のことが多いんじゃないか。北川が図に乗ったところもあるが、女の方が完全に自分のものにならない北川への腹いせでセクハラだ、セクハラだ、と騒いだんだ。そう俺は見ている」

松野が北川に代わって答えると、小山が突っ込みを入れた。

「じゃ、北川さんは被害者ということですか」

「まあ、そういう面があるということだ。でも、俺はよく知らないんだ。噂のことも……」

北川は件の自殺事件で平成七年（一九九五年）春に大阪経済部に異動になって、一度、札幌編集部長で出ただけで、ずっと、大阪勤務だった。東京に戻ったのは四年前で、松野とはそれまで同じ釜の飯を食ったといえるような関係ではなかった。

「先輩は北川君が札幌支社編集部長の時の話は知らないんですか」

今度は村尾が疑り深い眼つきで松野を見た。

「事務のパート女性にセクハラだと騒がれたというんだろう。大阪経済部時代にも二、三件あるらしいが、彼が被害者の要素もあるし、もうすべて済んだ話だ。この辺で、北川の話は終わりにしよう」

　むっとした表情の松野はそう言うと、手を叩いて唐紙《からかみ》に向かって大声を出した。食事があらかた済んでいたからだ。老女将がお茶を運んでくるまで、しばらく間があった。小山は懲りない男だ。慇懃《いんぎん》無礼とも受け取られかねない表情を浮かべ、恐る恐る聞いた。

「〝身体検査〟は僕と北川さんだけで終わりということですか」

「大虚報、大いに結構」、それが大新聞の常識、被害企業は泣き寝入り

松野が怒気天を衝くような雰囲気で卓袱台《ちゃぶだい》に手を付き、身を乗り出した時、老女将が部屋に入ってきた。

「マーさん、頭から湯気が立ちそうですよ。ゆっくりお茶を飲んでください」

老女将は笑顔で松野を窘《とが》めるように言いながら、湯呑み茶碗を四人の前に置いて回った。そして、「お帰りの時はまた呼んでください」と言って部屋を下がった。

松野は怒りを収めるように、茶碗に手を伸ばし、一口啜《すす》ると、小山を見据えた。

「〝身体検査〟というのはな、総理が大臣についてやるんだ。大臣が上司の総理のをすることはないんだ。そんなこともわからんのか」

松野の説教口調にほっとしたのか、小山は首をすくめた。そして、自分のおでこを右手で二、三度叩いてみせた。

「社長、ちょっと冗談が過ぎました。〝身体検査〟しようだなんて気は毛頭ありません」

お調子者のように振る舞う小山に、松野も御し難い男だという風情で、苦笑いするだけだった。すると、小山が続けた。

「お許しいただけるなら、あと一つだけ、教えてください」

「何だ」

「あのう、社長と北川さんはいつごろから今のような関係になったんですか。ずっと、接点がなかったようですが……」

「それはな。五年前に俺の出身地の和歌山県の町長だった親父の関係でちょっとしたトラブルがあったんだ。その時、大阪編集局次長だった北川君がよくやってくれてな。それで、四年前に東京に戻したんだ」

「論功行賞ということですか……」

「まあ、そんなところだが、トラブルのことは君らが来る前に村尾君に話しておいたから、あとで聞いてくれ。それとな、俺と村尾君の〝二つのＳ〟については火のないところに煙は立たない、と思っていればいい。じゃあ、そろそろ、お開きにするか」

松野がそう言って、立ち上がろうとした。

「ちょっと待ってください。一つだけ、社長に確認したいことがあります」

黙りこくっていた隣の北川が口を開いた。

「何だ？」

「経済の新媒体を作る、そもそもの目的です」

「そんなの決まっているじゃないか」

松野があきれ顔で続けた。

「亜細亜経済が日々新聞と合併して日亜新聞になって以来、英国のフィナンシャル・タイムズ（ＦＴ）や米国のウォールストリート・ジャーナル（ＷＳＪ）のような、ちゃんとした経済新聞がないだろう。それは経済大国として恥ずかしい。うちと日亜が一緒になって日本を代表する経済媒体を育てようというわけだ」

「でも、日本にも『日刊金融産業新聞』があるじゃないですか。部数だって、公称では百五十万部といいますし、『日本のＦＴ』とか『ＷＳＪ』とか盛んに宣伝していますよ」

北川が怪訝な顔で疑念を口にすると、小山が身を乗り出した。

「北川さん、巷間、『日刊金融産業』が何と言われているか知らないんですか」

小山が小ばかにしたような表情を垣間見せた。

「僕は長いこと、大阪勤務で、日本経済の中枢から離れていたけど、それくらいは知っている。『政府広報紙』とか『財界御用新聞』とか言われているんだろ。バカにするなよ」

「いえ、それは誤解です。バカにするなんて気は毛頭ないですから」

一瞬、むっとした表情を浮かべた北川も小山の言い訳に怒りを収め、話を続けた。

「わかったけど、部数が百五十万部もある『日刊金融産業』の壁は厚いと思ったんだ」

「君はやっぱり大阪勤務が長いから業界の状況に疎いな。少し勉強しないといけないぞ」

松野が北川を諭すように、日刊金融産業新聞社の来歴から解説した。

日刊金融産業新聞は戦後生まれの経済専門紙だ。戦前まで、鉄鋼、造船などの主要産業の業界紙の記者だった有志が財界の支援を受け昭和二十三年（一九四八年）に発刊した。高度成長期に製造業中心から金融、サービス業、経済官庁にも取材範囲を広げ、名実ともに亜細亜経済新聞に次ぐ総合経済紙になった。

昭和四十五年（一九七〇年）に経済紙でダントツのトップだった亜細亜経済が日々新聞と合併すると、日刊金融産業が唯一の総合経済紙となり、バブル期の一九八〇年代後半には二百万部を突破した。経済情報のリーク先として、亜細亜の伝統を受け継いだ日亜新聞と競り合った。

しかし、バブル崩壊後は日亜だけでなく、大都や国民も経済情報を重視し始めたこともあり、日刊金融産業は部数がじりじり減り始めた。二十一世紀に入ると、経済情報のリーク先としても日亜はもちろん、大都や国民の後塵を拝するようになっていた。

「日刊金融産業はもう敵じゃない、攻めれば、部数をかなり奪えるということですね」

松野の説明を黙って聞いた北川が納得したように確認した。

「そういうことだ。これから先、二十年、三十年の人口減社会で本体の大都新聞の部数が減り続けても、経済媒体というもう一つの〝パイ〟を奪取すれば、生き残りは万全だ。それに、経済情報は仮に大誤報を流しても、ほっかむりできるんだ。社会ネタだと、誤報を流せば最低、『お詫び』は載せなきゃいけないし、時には誤報の顛末《てんまつ》を検証する必要もある。それが経済情報だと、必要ないんだな」

「え、それ、どういうことですか」

松野の予想外に説明に、北川が唖然とした顔つきで問い返した。

「今年の元旦の日亜朝刊一面のトップ記事、あれ、大誤報だって君も知っているだろう」

「総合重機メーカートップの日本重工業と、総合電機トップの東京電気製作所の経営統合の〝大虚報〟ですね。村尾さんと小山さんには悪いけど、火のないところに煙を立てた感じですね」

「その話題はよしにしましょう。先輩、もうお開きにしましょう」

困惑気味の村尾が割って入ると、松野は大笑いして、湯呑み茶碗を取った。

「わかったよ。でもな、大誤報でも、経済関係のスクープは当事者が訴訟沙汰なんかにはしない。個人じゃなくて、法人が主体だと、どこかに他人事みたいなところがあるんだ」

松野がお茶を飲み干し、腰を上げようとすると、部下の北川がもう一度、押しとどめた。

「あと少し、待ってください。まだよくわからないところがあります。法人相手だと、名誉棄損だなんだ、と問題にされないということですか」

「一つはそうだな。でも、大企業という法人は新聞社と持ちつ持たれつなんだ。リークで特ダネをもらえば、大きく扱って宣伝する。その見返りに、社員に不祥事があったりしたときは大企業ができるだけ小さい扱いの記事にしてくれるように頼んできたりする……」

「それで、虚報で損害を受けても、裁判だと事を荒立てずに大目に見てくれるんですか」

「そういうこと。実際に『日本重工業と東京電気製作所、経営統合へ』の虚報について、日亜に『お詫び』が載ったかい？　誤報に至る検証記事が載ったかい？　載っていないぞ」

「そうですね。『早漏れで交渉が難航している』とかいった記事も載りませんね。日亜しか読んでいない読者からすれば、統合話がまだ生きていると思いかねません。もっとも、まだ虚報から二カ月ちょっとですから、これから軌道修正するのかもしれませんけど……」

「北川、いい加減にしろ。その辺でやめておけ。うちにだって脛傷《すねきず》はあるんだからな」

「そうですよ。大都さんも、某大証券と某大銀行が経営統合するって、大虚報を流して、『社長賞』まで出したことがあります。確か、五年前の正月元旦でしたね」

小山がここぞとばかりに反撃に出た。

「そうだ。ただ、あの虚報は半年後に『交渉決裂で白紙』という記事は載せている。きっと、日亜さんもこれから何らかの軌道修正はするんだろう。なあ、村尾君」

「もう、いいじゃないですか。そろそろお開きにしましょう」

「そうだな。お開きにしよう。だが、このまま、別れちゃうと、わだかまりが残るかもしれない。最後に、俺の真意を話しておく。あのな、経済情報であれば、大虚報、大いに結構、それが俺の考えだ。だから、五年前のうちの大虚報も関係した連中は順調に出世させている。村尾君にも頼みたいが、今年元旦の大虚報も、取材した連中はこれまで以上に取り立ててもらいたい」

「先輩、ちゃんと処遇するつもりです。合併後に創刊する、経済情報に絞った新媒体では中核になってもらおうと密かに思っています」

「そうか。それならいい」

村尾の答えに、松野は満足げに大きく頷いた。すると、小山が納得顔で洩らした。

「経済情報に限れば、虚報も〝二つのS〟になるんですね。よくわかりました」

「ふむ。この点は、日刊産業金融新聞に感謝する必要がある。あそこの社長は二十年前、日本銀行総裁人事で大誤報した張本人だ。以来、経済情報では誤報や虚報に寛容な雰囲気が醸成された。だから、合併後に新媒体構想で攻め込める。北川、小山、三月末か四月初めに構想の中間報告を聞く。今度は今日みたいじゃだめだぞ」

松野はこう締めくくると、立ち上がりかけ、老女将を呼ぼうとした。その時、村尾が少し腰を浮かし、松野を座り直すように両手で制した。

「先輩、待ってください。もっと、大事なことを確認して置きたいんです」

ノーマークの国民新聞の出方が気がかり？

「おい、村尾君、何を確認しようというんだ。まさか、合併のことで、まだ何か意見のすり合わせしなきゃならんことでもあるのか」

松野は浮かした腰を元に戻し、座り直すと、不愉快そうに村尾に質《ただ》した。

「先輩、誤解しないでください。合併のことじゃありませんよ。後はこの二人が合併後に出す新媒体構想を詰めれば、発表という段取りで進めることに異論などありません」

村尾が北川、小山の二人を交々見ながら、遜《へりくだ》った調子で答えた。

「じゃあ、なんなんだよ」

「それはですね。情報管理のことです。発表の直前はともかく、それまでは情報漏れがないように徹底することを再確認しておきたいと思ったんです」

「なんだ。そんなことか。言わずもがなな、ことだろう。合併の話し合いをしているのはこの四人だけだ。それ以外の連中に情報が漏れるわけないじゃないか。うちの北川にも、君のところの小山君にも新媒体構想の詰めは部下を使わず二人だけでやれ、と指示しているんだぞ。それも君と打ち合わせしてやっている。そんなこと、君だってわかっているだろ?」

「それはそうですけど、念には念を入れて置いた方がいいと思ったんです」

「おい、村尾! どういうつもりだ。俺と、うちの北川が信用できないとでもいいたいのか。え、それじゃ……」

むっとした松野が目を剝《む》くと、村尾は慌てて遮《さえぎ》った。

「先輩、そんなこと言っていません。もう少し、話を聞いてください。うちと先輩のところの合併は国民新聞の神経を逆なでする戦略です。国民新聞は先輩の大都を抜いて部数トップに躍り出ようという時ですから。それがうちとの合併で、国民は万年二位の座に甘んじるほかなくなるんです。もし、事前に情報漏れすれば、国民がどんな手を使って巻き返しに出てくるか、わかりません。だから、今日も別れる前に我々四人で、もう一度、発表まで外には絶対漏らさない、ということを再確認して置こう、と思っただけなんですよ」

「ふむ」

村尾の説明に松野もとりあえず矛を収めたが、まだ納得できない様子で、続けた。

「君の言いたいことは分かった。だがな、合併交渉というのは元々、ごく限られた者で進めるものだろう。当然、我々四人も〝絶対口外しない〟という意識を持っている。記者としての能力はともかく、そういう常識はあるから、今の立場にいるんじゃないか。それなのに、〝念には念を押す〟と言われれば、かちんとくるぞ。そうは思わんか」

「それはおっしゃる通りです。でも、私は〝小心者〟なもんで、国民新聞が不気味なんですよ。国民の動向に細心の注意を払うべきだ、ということも共有しておきたかったんですよ」

国民新聞社は、戦時中の新聞統制に基づく政府による新聞社の経営統合の一環で、当時の東京五大紙の大都新聞、東京毎朝新聞（日々の東京版）、伝報新聞、都新聞、萬新報のうち、「伝報新聞」、「都新聞」の二社が昭和十七年（一九四二年）八月に合併して発足した。前身の一社である「伝報」は、最古の大都新聞の前身、「東都新聞」の発刊より五カ月遅いものの、同じ明治五年（一八七二年）に東京・日本橋で創刊された。日亜の前身の「毎朝」＝明治十二年（一八七九年）＝よりは七年早い創刊で歴史は古く、東都、毎朝両紙同様に全国紙を目指していたが、部数は、両紙に水を開けられていた。

もう一つの「都」は明治十七年（一八八四年）に東京・浅草で創刊され、首都圏で部数を伸ばしていた。上位二社を追撃したい「伝報」の思惑と合致、合併したのだ。しかし、二社との部数の差は縮まったものの、全国紙としては見劣りした状況を抜け出すことはできなかった。

しかし、敗戦で状況が大きく変わった。創刊時からの「都」の特徴が幸いしたのだ。「都」は庶民の新聞として無産階級を読者ターゲットに軟派情報を売り物にしていたこともあって、論調はどちらかといえば左翼寄りだったからだ。「伝報」は全国展開を目指していたこともあり、論調に特徴はなかったので、戦後は「庶民の新聞」という旧「都」の特徴を前面に打ち出し、労働組合など左派の読者層を取り込み、『リベラル派』の牙城として全国紙の地位を不動のものにした。

冷戦構造は二十年前に終焉したが、その後も、論調はリベラルという筋を通している。そこが戦前から左から右に行ったり来たりして鵺《ぬえ》みたいに正体のない、大都、日亜両紙との違いで、オールド左翼中心に読者の信頼を維持し続けている。加えて、格差拡大が進む中で、〝新聞離れ〟する若者の読者をじわじわ増やしているのだ。

昨今、『リベラル派』にとって冬の時代になっていることを考えると、一本筋が通っているだけでは部数を増やすことなどできない。別の要因もあるのだ。それは販売力と販売戦略だ。

多くの新聞社は記者出身の編集部門が牛耳っている。その右代表が大都と日亜だ。だから、松野や村尾のようなボンクラでも社長が務まるのだが、それも、過去の遺産の上に安住できるからだ。しかし、国民は違う。現在の社長、三杯守泰は販売部門出身で、編集以外の部門の士気もあがっている。

大都と日亜には営業部門に真面目に仕事をしようという連中は皆無だが、国民は全社一丸となって部数増に取り組んでいる。その切り札がきめ細かな読者サービス、そして価格戦略につながっている。つまり、朝夕刊セットの月決め価格を大都と日亜両社より500円安くし、新聞全体の部数が減り続ける中、700万部を達成したのだ。

松野も一応、村尾の説明に納得したが、まだ腑に落ちない様子で、首を傾げながら質《ただ》した。

「趣旨はよくわかったが、そんなに国民を警戒することはないぞ。うちと日亜が合併して断トツの日本一になることは止めようがないし、国民の部数だって遠からず頭打ちになり、減少に転じるさ。人口が減るんだからな。国民が切歯扼腕《せっしゃくわん》してもどうにもならんぜ。何かやれることでもあるかね」

「いや、どんな反撃を仕掛けてくるか、具体的には思い浮かばないんですけど……。だから、〝念には念を〟と言ったんです……」

村尾はここまで言うと、口ごもり、湯飲みに手を伸ばした。それをみていた北川が隣の松野を覗うように口を開いた。

「社長、国民がうちと日亜さんの合併を独禁法違反だって公取委に合併差し止めを求めるようなことは心配しなくてもいいんでしょうか……」

「おい、北川、君はなにもわかっとらんな。日本の新聞発行部数は全体で5000万部くらいあるんだぞ。合併後もその4分の1程度の部数だ。独禁法で問題になるようなことはありえない」

「いや、三杯（盛泰）という、今の国民社長は販売部門出身ですよね。販売出身の社長は新聞業界では珍しいので、再販問題や特殊指定の絡みで公取委との関係も深いんじゃないか、と思ったもので……。頓珍漢なことを言ってすいません」

「北川君。僕が心配しているのは三杯社長じゃないよ。その上だよ。うちの業界のドンだよ」

村尾が口を挟むと、北川が即座に反応した。

「太郎丸（嘉一・相談役）さんのことですか」

ジャーナリストは〝天然記念物〟的存在？

太郎丸嘉一は国民新聞相談役で、三杯盛泰社長の前任である。

現在は日本報道協会傘下の日本ジャーナリズム研究所会長のポストに就いている。表面上は〝隠居〟の身だが、今もって国民の紙面編集を牛耳り、政界はもちろん、経済界でも幅広い人脈を持ち、業界では〝ドン〟と呼ばれている〝天然記念物〟ジャーナリストである。

明治以来戦前まではもちろん、戦後も四半世紀前までの日本には著名な言論人が存在し、政治経済を含め社会全体に一定の影響力を持っていた。今の大手三社にはそうしたジャーナリストはもはや存在しないと言ってよいが、唯一の例外が太郎丸である。

巷間《こうかん》、太郎丸は〝新聞業界のドン〟と喧伝《けんでん》されているが、〝政界フィクサー〟という渾名《あだな》で呼ばれることも多い。この点が四半世紀前までの言論人との違いと言えば違いだろう。

大手三社の経営者の中で、苔が生えたようなリベラリズムとはいえ、明確な主義主張があり、論陣を張る人物が太郎丸だけなのは確かだ。だが、太郎丸は言論で社会を動かすよりも、政官界の水面下で根回しに動き、政策決定に関与しようとする傾向が強い。

明治、大正、昭和初期までは太郎丸と似たようなジャーナリストがいたが、戦後はフィクサーのような役割を果たす者は太郎丸の他にはいないと言っても過言ではない。ではなぜ太郎丸がそうした〝異色の言論人〟になったのか。それは彼の経歴と無縁ではない。

太郎丸が東大法学部を卒業して国民に入社したのは昭和二十九年（一九五四年）。同じ政治畑の大都相談役の烏山凱忠は三年後輩にあたる。しかし、実年齢の方は烏山が一歳上だ。烏山が中学で一年落第しているうえ、二年浪人、大学でも一年留年したからだ。

学生時代は社会民主主義思想に傾倒、共産党と一線を画した、その運動にも参加した。それもあって、太郎丸は東大法学部卒のエリートが目指す官界や経済界には就職せず、マスコミ、そのなかでもリベラル派の牙城といわれた国民でジャーナリストの道に進んだ。

全国紙では新人記者は五年程度、地方支局で修業させ、そのあと、中央で政治部、経済部、社会部で一人前の記者として活動させるという慣行が確立しているが、太郎丸が入社した当時は日本が戦後の混乱期からようやく脱したところで、入社するとすぐに一人前の記者として東京で仕事をさせられた。

太郎丸の場合、学生時代から社会民主主義運動に関わっていたことから、政治部で野党担当として記者人生のスタートを切った。朝鮮戦争を機に東西対立の冷戦時代が始まり、米国の事実上の支配下にあった日本では保守陣営が大合同、日本自由党を結党し、政権与党の座に着いた。当然、野党は左翼系の政党だった。

政治部記者のエリートは自由党を担当し、その派閥の領袖《りょうしゅう》たちに食い込んでいる記者であるのが普通だった。つい最近まで自由党が一貫して政権の座にあったからだ。しかし、太郎丸は記者人生スタートの時点から異色だった。

太郎丸は自ら根っからの社会民主主義者であることを公言していた。加えて、左翼系の野党を担当したわけだから、万年野党第一党と揶揄《やゆ》された社会大衆党や野党第二党の社会民主党との首脳と親密な関係を築いた。今の政権与党の民主社会大衆党（略称：民社党）は二大政党制の実現を目指して、こうした左翼系の政党と自由党からの離脱組が一緒になって十年前に発足した政党だ。太郎丸の人脈が民社党内に広く根を張っている所以《ゆえん》だった。

根っからの社会民主主義者とはいえ、太郎丸が長年、政権与党の座にあった自由党の派閥の領袖たちと疎遠だったわけではない。むしろ、駆け出し時代から、自由党の派閥の領袖たちの方が積極的に太郎丸に接近してきた。国会の円滑な運営はもちろん、政策決定においても、野党の本音を把握する必要があり、太郎丸はそのパイプ役に最適だったのだ。

太郎丸はざっくばらんな性格で、誰に対しても言いたいことをずばずば言う。柄も顔も大きいが、くりくりした眼に愛嬌があった。痛いことを言われても憎めない雰囲気があった。

太郎丸に対抗心剥き出しの大都の烏山は本流の自由党担当だったにもかかわらず、派閥の領袖からは軽く見られていた。地位が上がっても、まともに相手にするのは陣笠代議士だけなのに、本人だけが影響力を持っていると勝手に思い込んでいる。ピエロのような烏山とは、似ても似つかぬ存在なのである。

太郎丸は舞台裏などを明かす記事を書かない記者だった。書くのは節目節目に主義主張の明確な、大論文調の記事だけだった。それもあって、上司からは扱いにくい記者とみられていた。しかし、与野党の大物政治家たちから一目も二目も置かれる存在だったので、政治部の主流を歩ませる他に選択肢がなかった。

政治部一筋、与野党クラブ、官邸クラブのキャップを務め、政治部次長、政治部長、編集局長を経て主筆に就いた。常務・専務時代は販売や広告担当を兼務することもあったが、社長退任まで主筆の座にあり続けた。要するに、二十年近く国民の編集部門の最高責任者だった。

この間、東大同窓ということを武器に、政界だけでなく、官界はもちろん、経済界にも人脈を広げた。この広い人脈ゆえにフィクサーと渾名《あだな》がついたのだ。

当然のことながら、村尾が北川の質問に答え、松野に同意を求めた。

「そうだよ。彼は我々と違って、政界はもちろん、経済界にも相当な人脈を持っているでしょ。その人脈を使って何か仕掛けてきはしないかと心配なんです。嫌がらせも含めてね。先輩、どうでしょうか」

振られた松野は不愉快そうに村尾を睨み付けた。

「なんだよ。そんなことを心配しているのか。君な、太郎丸なんて歯牙にもかける必要はない。過去の遺物のようなジャナ研の会長じゃないか。大体、君はジャナ研に出向した経験があるじゃないか。その実態は分かっているだろ？」

「先輩、それはわかっています。僕が二年間出向できたのもその威光に陰りが出てきた時で、希望者が少なかったのが幸いしたんです。あの頃は〝天敵〟の上司がいて、ノイローゼ一歩手前でした。本当に助かりました。でも、その後、ジャナ研の権威は坂道を転げるように落ちました。今や、うちはジャナ研を〝座敷牢〟のように利用し、記者として優秀な〝不満分子〟を島流しのように出向させています。この点は先輩のところも同じですけど、太郎丸さんが彼らを使って何かしやしないか、とですね……」

新聞業界〝ドン〟の逆襲には戦々恐々の〝脛傷者〟たち

日本報道協会の傘下にある研究機関、日本ジャーナリズム研究所（ジャナ研）にも輝いていた時代があった。終戦直後から七〇年安保闘争くらいまでの二十年余りの時だ。

報道協会は戦時中の大政翼賛報道への反省から終戦直後の昭和二十一年（一九四六年）に新聞、通信、放送の報道に携わる企業が言論・報道の自由や表現の自由を守るために設立した社団法人で、ジャナ研はその理論武装をする組織として発足した。

四半世紀前まではジャナ研の発行している季刊誌「ジャーナリスト」に掲載された論文が政治を動かすようなこともあった。日本に民主主義を定着させる上で、それなりの役割を果たし、その研究員という肩書のステータスは高かった。

役割が変調し始めたのは昭和五十年代に入ってからだ。キャリアパスとして優秀な記者が我も我もと出向を望むことがなくなり、村尾も出向できたのだが、日本がバブル経済に有頂天になっていた四半世紀から変質が加速した。報道協会がいわゆる業界団体でもあるからだ。新聞が堕落すれば、初心を忘れ、「定価販売」の義務付けを認める再販（再販売価格維持）制度など新聞業界の既得権益を守るための圧力団体でしかなくなる。ジャナ研が既得権益を守るための理論武装をする組織になり下がるのは自然の成り行きだった。

ジャナ研のスタッフが権益を守るための理論構築し、政界などに自らの主張を訴えるパンフレットなどを作成したりする――。

それが今の役割である。それ以外の時は開店休業状態で、誰も読まない季刊誌を出すというルーティンをこなすだけの組織なのだ。

研究員は十名いる。季刊誌の編集に携わる研究員二名が生え抜きで、残りの八名は大都、日亜、国民の大手三社からの出向者二名ずつ計六名と、地方紙からの出向者二名である。

長年、出向者は原則三年交代で、二十歳代後半から三十歳代後半までの働き盛りの記者が送りこまれているが、今や、希望者は皆無。それでも、そのブランドイメージだけはそれほど変わらずに今も残っている。つまり、会社がサラリーマン記者に不向きと〝烙印〟を押した者たちの不満を抑えて出向させるのに都合のよい組織になっているのだ。

大手3社にとっては、そういう都合のよい出向先になったわけだが、五年前に大都と日亜の両社が慣行を破り、定年間近の五十歳代半ばの記者を送り込んだ。経営陣や編集幹部にとって〝煙たい記者〟を送り込む、つまり、〝島流し〟として利用するのが狙いだった。

「なんだよ。そんなことを心配しているのか。君な、太郎丸なんて、もう過去の人だ。うちの烏山相談役と似たり寄ったりさ。もう政治力なんてないぞ。いくら、太郎丸ごときが蠢《うごめ》いても、俺が何とかするから、心配するな。まさか、君たち、俺を侮っているんじゃないだろうな」

〝バンケット社長〟と陰口を叩かれていることからわかるように、松野は経済界はもちろん、政治家のパーティーにも小まめに出席しており、自信満々なのである。それ故、松野には村尾の懸念が伝わらなかったのだが、そこは村尾も心得たものだ。

「先輩、侮るなんて、滅相もありません。〝引きこもり社長〟なんて揶揄《やゆ》されている私とは違って、今や、政官財では先輩の方が圧倒的に影響力があるのはわかっています。でも、張り子の虎っていうんでしょうか。太郎丸さんの一昔前の評判が頭にこびりついているもんですから……」

松野に見詰められた村尾は頭に手をやって火消しに躍起になった。すると、三人のやりとりを黙って聞いていた小山が突然、村尾に追従し始めた。

「そうです。政治力という点ではもう太郎丸さんは過去の人だし、うちの村尾も僕もこちらに松野社長がいるんで鬼に金棒だと思っています。ねえ、そうですよね」

「ふむ」

村尾が頷くと、わが意を得たりと、小山が調子に乗った。

「僕が心配なのはですね、国民が合併に横やりを入れることじゃないんです。仮に入れられても、心配はないんです。それはわかっています。でも、太郎丸さんが日本ジャナ研会長ポストに居座り、マスコミには今も隠然たる影響力を持っています。ジャナ研にはうちや大都さんから、記者として実力があって煙たい連中を飛ばしていますから、彼らを使って何かするとか……」

「そういうこともありえないわけではないが、大したことはできやしない。仮になにかやっても、それほどマイナスにはならんだろう」

小山が村尾の懸念に話題を引き戻そうとしているのはわかっていたが、村尾は薄笑いを浮かべ、首をかしげてみせた。すると、小山は意味ありげな顔つきで続けた。

「ちょっと言いにくいんですけど……。えい、この際、話しちゃいましょう。週刊誌なども巻き込んで、うちや大都さんのブランドイメージの失墜を画策することはありうるんじゃないかと思うんですけど、どうでしょうか」

「ふむ。ブランドイメージの失墜？……」

黙って聞いていた松野が腕を組み、少し表情を暗くして唸った。

「ええ、そうです。今日の〝身体検査〟でわかりましたように、うちも大都さんも経営陣はもちろん、僕らのような編集幹部も皆、〝脛傷者〟です。スキャンダルがキャリアパスになっていることは否定できないです。この辺りを突かれると、やばいんじゃないかと……」

小山が茶目っけたっぷりに応えた。

「なんだ、小山君、そんなことを心配しているか。君らのスキャンダルなど、塵みたいなものだぜ。世の中、誰も関心ないさ。週刊誌が情報をつかんでも、記事になんかなるわけない。君、うぬぼれすぎだぞ」

少し顔を曇らせた松野が破顔一笑して、脇の北川をみた。

「社長、おっしゃる通りです。僕のスキャンダルだって、これまでも週刊誌が記事にする気があれば、とっくに表沙汰になっています。小山さん、あなたのも同じじゃないか。まあ、だから、うちの社長の言うとおり、杞憂だと思うよ」

「いや、僕らのスキャンダルを心配しているんじゃないんです。そりゃ、将来、社長にでもなれば別でしょうけど……」

小山は頭に手をやりながら、苦笑いした。それが松野の神経を逆なでした。

「『社長にでも』という言い方はないぞ。何を考えているんだ」

小山は首をすくめて頭を掻いたが、松野は追及の手を緩めない。

「大体な。さっきも言ったが、〝身体検査〟というのはトップが部下についてやるんだ。君は俺と村尾君のスキャンダルが危ないとでも、言いたいんじゃないだろうな。もし、俺たちにスキャンダルがあったとしても、もう社長なんだから、とっくに表沙汰になっている。そうなっていないんだから、スキャンダルはないし、心配もいらん。いいな。わかったな」

松野が小山を睨みつけるのをみて、村尾が引き取った。

「小山、お調子に乗るのもいい加減にしろ。大体な、仮にスキャンダルとして表沙汰になっても、どってことはないんだ。さっき、君の〝金鵄勲章〟の説明をした時にも強調したけど、名誉棄損で訴えれば、絶対にこっちが勝つんだ。我々がな、女も含めて一枚岩であれば、相手は立証できないんだ。我々の結束にヒビが入らないようにすることが大事なんだ。俺が言いたかったのはそういうことだ。それでも、万が一のことがあれば煩わしい。俺はな、とにかく、発表までの間、情報管理を徹底し、太郎丸さんの動向にも十分に気をつけよう、と提案したかっただけなんだよ。そういうわけですから、先輩、もういいでしょう」

松野が大きく頷くのを見て、村尾が続けた。

「先輩にはまだ報告していませんでしたが、ジャナ研には近々、うちから〝スパイ〟を送り込みます。〝不満分子〟の動静は逐一、入るようになりますから、不穏な動きがあれば未然に防ぐ対策も取れるでしょう。今の段階で〝見えない敵〟におびえても仕方ありませんから……。先輩、今日はもうお開きにしましょうよ」

「ふむ。それもそうだな。とにかく、この四人が油断せず、常に周りに気を配り、行動することだ。それに、北川は小山君と早急に新媒体の内容を固めてくれ。頼むぞ。これで最後の最後だ。本当にお開きにしよう」

松野の表情にはまだ一抹の不安の色が差していたが、見栄っ張りの松野は座り直し、ネクタイの結び目を締め直し、いつもの見下したような調子で座を見まわした。三人が頷くのをみると、

「おい、もう帰るぞ」

大声で呼んだが、その声には普段の張りはなかった。しばらくして、格子戸を開け部屋に入ってきた老女将が膝をつき、松野に目を向けた。

「〝お供〟はどうされますか」

「今日も、そこのホテル泊まりだからな。俺は歩いて行く。どっちにしろ、四人一緒に出るわけにはいかん。壁に目あり、障子に耳あり、だからな。前回は俺が最初に出たが、今日は俺が最後だ。君らが先に出てくれ。俺はコーヒーでも啜《すす》って待つさ」

「先輩、ご安心ください。僕は社用車は使わない主義なんで、表通りに出てタクシーを拾

います」

村尾がこう答えて卓袱台に手をつき、小山と北川に向かって続けた。

「俺が出てから、君らは五分くらい後に出てこい」

二人が頷くのを見て、村尾が部屋を出ようとすると、老女将が従った。

「女将、戻って来る時にコーヒーとタバコ、灰皿を頼むよ」

「はい、わかりました」

老女将は笑みをみせて、唐紙を引いた。

「社長はタバコをお吸いになるんですか。知りませんでした」

驚いた様子の小山が松野と北川に交々眼をやった。

「僕も知りませんでした。僕は、会議や宴席で社長が吸っているところみたことはありません。噂では、ごくたまに吸うことがあると、聞いていましたが、本当だったんですね」

北川が独り言のように漏らすと、両手で湯のみ茶碗を弄《いじ》りながら、含み笑いを浮かべていた松野が徐《おもむろ》に応えた。

「そうさな。俺も四十五歳くらいまではタバコを吸っていた。でも、ヘビースモーカーではなかったんで、自然と止められたんだな。今のようにスモーカーが完全に締め出しをくらうような時代じゃなかったが、当時は世の中が今のような嫌煙社会に向かう〝走り〟のような時だった。それで止めたわけだが、その後も完全に吸わないわけではないんだよ。一年に四、五回、無性にやりたくなる時があるんだな。今日はそういう日なんだ。でも、吸っても二本なんで、タバコは持っていない。北川君との付き合いはここ十年ほどだから、俺がタバコを吸う場面に遭遇していないんだよ。きっと」

「そういうことですか。でも、女将は社長がタバコをやるのを知っているようでしたね」

「そりゃそうさ。何十年も前からの付き合いだし、女将は今も吸っている。だから……」

松野が説明しかけた時、コーヒーと灰皿を乗せたお盆を持った老女将が部屋に入ってきた。

「お二人はどうされます?」

「え、何のことですか」

「〝お供〟ですよ」

「あ、それなら、心配いりません。僕らはちょっと離れたところにそれぞれハイヤーを待たせています」

腰を浮かせた小山が北川を促した。

「それでは社長、失礼します」

「ふむ。期待しているぞ。新媒体な。合併の成否はそれで決まる。それからな、一緒でもいいが、玄関を出てからは二人で雑談しながら、歩くようなことはするなよ」

「わかっています」

二人が唐紙に手を掛けると、老女将が
「ちょっと、お待ちください。玄関までお送りします」

と言って、立ち上がった。

「マーさん、タバコは戻ったらでいいですね」

そういうと、二人を追った。唐紙が閉まると、格子戸の音がした。

一人残された松野はコーヒーカップを手前に引き寄せ、スティックシュガーとクリープを半分ほど入れ、スプーンでかき回した。そして、一口飲んだが、落ち着かない。もう一口飲むと、貧乏揺すりを始めた。その時、老女将が戻ってきた。

「お待ちどうさま」

老女将は松野の隣に座ると、着物の袖からタバコとマッチを取り出し、松野に勧め、火をつけた。

「どうされたんですか。今日は、普段のマーちゃまと違いますよ。うちではもう二、三年、タバコを吸わなかったでしょう?」

老女将は二人きりの時は〝マーさん〟でなく、〝マーちゃま〟と呼んでいる。しばらく、松野は応えず、座椅子に背を凭《もた》れ、天井をぼんやり見つめながら、紫煙をくゆらせた。半分ほど、吸ったところで、灰皿に押し付けた。そして、身を起こし、コーヒーカップに手を伸ばした。

「……。そうかな、ここではタバコを吸いたいって言ったこと、二、三年もなかったかね……」

「そうですよ。今日は何か、難しいお話をさていたようですけど、マーちゃま、社長じゃないですか。それにお三方はみな、部下みたいなもんでしょ」

「ふむ。部下みたいなものか……。確かにそうだな……」

苦笑いした松野はそういうと、タバコを吸う仕草をしてみせた。老女将はタバコを差し出した。松野がもう一本取ると、マッチを擦ってかざした。

「……。そう、何だかは言えんが、ちょっと、一世一代のことをやろうとしていてね……」

松野はタバコをふかしながら、また座椅子に背を押し付けるようにして天井に目をやった。

「……。マーちゃまらしくないですよ。一番、偉いんじゃないですか。いつものように銀座に行ってカラオケでもやって、発散したらいいじゃないですか」

老女将は自分もタバコを取出し、吸い始めた。

「確かにな。それもいいが、今日はまずいんだ……」

「それなら、うちでもできますよ。おやりになるなら、用意しますよ」

「いやいや、今日は止めて置くよ。でも、女将、二本吸って少し苛々《いらいら》はなくなった。もうホテルに行くよ」

松野は二本目のタバコの火を消すと、三分の一ほど残っていたコーヒーを飲み干した。そして、「さあ、じゃあ、帰るぞ」と言って腰を上げた。

すると、老女将も慌てて、タバコの火を灰皿で消し、後についた。格子戸を閉め、「残念だわ。マーちゃまの十八番、何でしたっけ？　そうそう、『氷雨』。また聞きたかったのに……」

と、松野の背中に声を掛けた。

「そうか、『氷雨』ね。今度、やるから。芸者を揚げる時な。そんな先じゃないぞ。一、二カ月だよ」

ニンマリした松野は少し半身になって応じ、上がり框《がまち》に腰を下ろした。靴を履き終えると、振り向いた。

「女将、今日は外まで送ってくれなくていいから……」

「そうですか。それではお待ちしていますよ、『氷雨』」

「ふむ。約束するよ」

この時、松野の表情から不安の色は消えていた。玄関の硝子戸を開けて、割烹「美松」

を出た。風はなく、背広姿でもひんやりすることはなかった。しばらくすると、小声で口ずさみ出した。もちろん、「氷雨」である。

「飲ませてください　もう少し／今夜は帰らない　帰りたくない／誰が待つと言うの　あの部屋で／そうよ誰もいないわ　今では／唄わないで下さい　その歌は／別れたあの人を　想いだすから／飲めばやけに　涙もろくなる／こんな私　許して下さい」

車道に出たところで、松野は口ずさむのを止めて、一瞬、立ち止まった。人通りはなかった。二十米《メートル》ほど離れた左手に黒塗りのバンが停まっていたが、眼中に入ることはなかった。そして、再び、ハミングするような感じで歌い出し、右手の表通りに足を向けた。

「……外は冬の雨　まだやまぬ／この胸を濡らすように／傘がないわけじゃないけれど／帰りたくない／もっと酔うほどに飲んで／あの人を忘れたいから／私を捨てた　あの人を／今更くやんでも　仕方ないけど／未練ごころ消せぬ　こんな夜／女ひとり飲む酒　わびしい……」

ここまで歌い終わった時、後方の黒いバンがゆっくり動き始めた。しかし、自己陶酔型の松野に回りは見えない。当然、それに気づくはずもなく、人通りがないのをいいことに、時々、首を傾げたり、小さな身振りも交えたりして、その声は次第に大きくなっていった。

「酔ってなんかいないわ　泣いてない／タバコのけむり　目にしみただけなの／私酔えば　家に帰ります／あなたそんな　心配しないで／外は冬の雨　まだやまぬ／この胸を濡らすよう

に／傘がないわけじゃないけれど／帰りたくない／もっと酔うほどに飲んで／あの人を忘れたいから／忘れたいから」

時折会社帰りのサラリーマンの行き交う水天宮通りに出たところで歌い終わった。松野は身仕舞いを正し、左手のホテルに向かってこれまでより足早に歩き始めた。少し遅れてバンもやはり左折、五、六メートル行ったところで停車した。車に乗っていた二人の男の鋭い眼光がじっと松野の後ろ姿を追っていた。

JASRAC　出 1511608-501

[著者略歴]
大塚 將司（おおつか・しょうじ）

作家、評論家。1950年11月、神奈川県生まれ。早稲田大学大学院政治学研究科修士課程修了後、1975年4月、日本経済新聞社に入社。日経のエース記者として、数々の疑惑を白日の下に曝し、報道した。証券部、経済部で証券業界、銀行、大蔵省、通産省、財界などを担当。佐世保重工業の救済劇の報道に携わったのを皮切りにリッカーの粉飾決算や三光汽船の倒産をスクープする一方、金融、財政を幅広く手掛け、金融財政の専門記者としての評価を確立。90年3月、イトマンの乱脈経営をスクープ、戦後最大の経済事件の端緒を開いた。95年3月の「三菱銀行・東京銀行の合併」のスクープで、同年度新聞協会賞受賞した。ベンチャー市場部長時代の2003年1月に日経新聞で私物化の限りを尽くした鶴田卓彦社長（当時）の解任を株主総会に提案、裁判闘争になるも、04年12月にはを和解で終結、会社側が懲戒解雇を撤回。日本経済研究センター主任研究員として復職、10年11月定年退職した。04年7月、ダイヤモンド経済小説大賞受賞作『謀略銀行』を出版し、経済小説家としてデビュー。代表作はバブルン発生から崩壊までの舞台裏を描いた『流転の果て～ニッポン金融盛衰記 85→98』全二冊（08年、金融財政事情研究会）、他に「スクープ記者と企業の攻防戦」（04年、文春新書）、「大銀行　黄金の世紀　男たちの闘い」（04年、講談社）などがある。

小説《しょうせつ》・新聞社合併《しんぶんしゃがっぺい》
うごめく“だら幹”たちの素顔

2015年11月2日初版第1刷発行
著　者　大塚 將司
発行者　唐澤 明義
発行所　株式会社 展望社
〒112-0002
東京都文京区小石川3丁目1番7号　エコービル202号
電話　03-3814-1997　Fax　03-3814-3063
振替　00180-3-396248
展望社ホームページ　http://tembo-books.jp/
印刷所 製本所　株式会社ティーケー出版印刷

ISBN978-4-88546-306-8

塩澤実信のロングセラー

人間力『話の屑籠』
ジャーナリスト塩澤実信が、その原点の地、信州飯田の南信州新聞に寄せたエッセイ集。
四六判並製　本体価格１８００円

昭和の名編集長物語　戦後出版史を彩った人たち
編集この道ひと筋に賭け、激動の昭和を生き抜いた名編集長たちの生きざま。
四六判並製　本体価格１９００円

ベストセラーの風景
昭和から平成へ、時の流れがつくり出した〝当たり本〟のすがた。
四六判上製　本体価格２３００円

活字の奔流〔焼跡雑誌篇〕
戦後の焼跡に生まれ、束の間に消えた「新生」「眞相」「ロマンス」三誌とその周辺。
四六判上製　本体価格１８００円

文藝春秋編集長
大正十二年、菊池寛が創刊した雑誌の中興の祖、池島信平の評伝。
四六判上製　本体価格２４００円

定本ベストセラー昭和史
昭和の読書界は『現代日本文学全集』『世界文学全集』の円本ブームで始まった。
四六判上製　本体価格２２００円

（価格は税別）